EDITION QUADRAT

*Die Deutsche Bibliothek – CIP-Einheitsaufnahme*

***Mannem, wann ich dein gedenk:***
*Gedichte und Prosa in Pfälzer Mundart und Hochdeutsch/*
*Hg.: Siegfried Laux und Hans-Peter Schwöbel -*
*Mannheim: Ed. Quadrat, 1997*
*ISBN 3-923003-79-X*



• *Titelgestaltung:*
*Design-Gruppe Fanz & Neumayer, Schifferstadt*
• *Layout und Satz:*
*Design-Gruppe Fanz & Neumayer, Schifferstadt*
• *Lithografie und Filmbelichtung:*
*Buchta-Litho, Rheingönheim*
• *Druck:*
*Brausdruck GmbH, Heidelberg*
• *Buchbinderische Verarbeitung:*
*Großbuchbinderei Spinner, Ottersweier*

*Hg.: Siegfried Laux und Hans-Peter Schwöbel*

**Gedichte und Prosa in Pfälzer Mundart und Hochdeutsch**

# Mannem, wann ich dein gedenk

# Inhalt

7 *Grußwort*

*Vorwort*
9 Das Buch und seine Autoren

*Ludwig Levy*
26 Knittelhafte Elegie an sei Vatterschtadt
30 Monolog des Nachtwächters Dümmel
31 Abschied vunn de Blankekedde
32 Hundstägliche Ehestandsbetrachtung...
35 Mannemer Mädle
38 Der Mannemer Maimarkt
42 Der bairische Hiesel
43 Ruine
43 Stoffwechsel
44 Grabschrift
44 Nicht standesgemäß
45 Boarisch und Pälzisch
47 Tempi passati
48 'S Zeighaus
49 Der beese Geischt
50 Wie die Alte summe
51 'M Herr Mengler sei Badrees
64 D'r Fräule Eugenie Pappenheim...
65 Feschtgruß

*Hermann Waldeck*
73 Deß is jetz nit mehr Mode
77 Einscht unn jetz
81 D'r Mannemer Knigge
83 E moderni Wohnung
86 D'r Kaschtegeischt
90 D'r Schbort
92 Schweri Arweit
93 Deß gibt's nit
94 Samsdag unn Sunndag
97 Mahlzeid
99 Deitsch geredt
100 Mein liewer kleener Bu
102 Nißköpp
104 Die Äppelschale
105 Zahn iß Zahn
107 Erscht kumm ich
109 E Eisebahnunglick
110 Die Entschuld'gung
110 'N Gemietsmensch
111 Ich weeß nit
112 D'r fliegende Holländer
116 Die Drambahn

| | | |
|---|---|---|
| *Jakob Strauß* | **123** | Mein Mannem |
| | **124** | Die Quadratschtadt |
| | **126** | Aus verklung'ne Zeide |
| | **129** | Benzwagen |
| | **130** | Unser Kinner |
| | **131** | Unser Faasnacht |
| | **133** | Zum neie Johr |
| | **137** | Mannemer Schbaziergäng |
| *Ludwig Sinsheimer* | **144** | Die Woch vor'm Worschdmark |
| | **147** | Worschdmarksdreiwe |
| | **149** | Am Borzenellekaschde |
| | **151** | Friedel unn Luddel uff'm Worschdmark |
| | **153** | Bei de Schubbkärchler |
| | **156** | Die Kehrseid vum Feschd |
| *Eduard Ney* | **159** | Der Antisemitefranz |
| *Kurt N. Berg* | **167** | Den Judenhassern |
| | **168** | Gebet |
| | **169** | Chanukkah 5698 |
| | **170** | Muttersprache |
| | **170** | So wie ein Ton verklingt |
| | **171** | Zurück an unsern Rhein |
| | **171** | Ach meine müden Füße |
| | **172** | Für Michael |
| | **173** | Zu Goethes Geburtstag |
| | **174** | Meersburg |
| | **175** | Freischwebend |
| | **176** | Abschiedsfeier |
| | **178** | Auf dem alten Friedhof zu Mannheim |
| | **179** | Das Brot der Heimat |
| | **180** | Die übrig blieben... |
| | **181** | Jakobs Traum |
| | **181** | Abendinsel |
| | **182** | Zu Heidelberg |
| | **183** | In Schwetzingen |
| | **184** | Wenn unsre Toten zu uns kommen |
| | **185** | Oktobertag |
| | **185** | Das Bleibende |
| *Essay* | **187** | Am Großen Strom: Linde und Feigenbaum. |
| | **210** | *Wörter- und Sachverzeichnis* |
| | **221** | *Text- und Bildnachweise* |
| | **223** | *Danksagung* |

6 • 7

## Grußwort

Mit dem Buch „Mannem, wann ich dein gedenk“, haben Siegfried Laux und Professor Dr. Hans-Peter Schwöbel den vielfältigen Bemühungen um die Darstellung der Geschichte der Mannheimer Juden einen weiteren originellen Beitrag hinzugefügt. Die in dem Buch enthaltenen Dichtungen in Pfälzer Mundart zeigen, in welchem Maße die jüdischen Bürger Mannheims der Kultur und den Menschen ihrer Heimat verbunden waren und wie sie es verstanden, dies in ihren Versen lebendig zu machen. Sie legen damit auch Zeugnis für Eigenständigkeit und Wert der Mundart ab.

Die hochdeutsche Lyrik Kurt N. Bergs offenbart in erschütternder Weise Leid und Verzweiflung eines Menschen, der sich der deutschen Kultur verpflichtet wußte und dessen Leben durch den Nationalsozialismus zerstört wurde. Bergs Texte mahnen uns zu ständiger Auseinandersetzung mit der Vergangenheit und den sich daraus ergebenden Folgerungen für künftiges politisches Wollen und Handeln.

*Lothar Mark*
*Kulturdezernent der Stadt Mannheim*

*Herbst 1997*

8 • 9

*Siegfried Laux*

# Das Buch und seine Autoren

Als der Zweite Weltkrieg zu Ende ging, war von dem alten Mannheim nur noch ein Trümmerhaufen übrig. Aber noch ehe die Katastrophe über die Stadt hereingebrochen war, hatte bereits eine andere die Mannheimer Bürger jüdischen Glaubens erfaßt. Durch die Folgen des NS-Rassenwahns verloren sie Heimat, Hab und Gut und mehr als 2000 ihr Leben. Eine in Jahrhunderten gewachsene und in das Leben der Stadt integrierte jüdische Gemeinschaft war mit einem Mal ausgelöscht. Sich ihrer Geschichte und ihrer Verdienste zu erinnern, sollte mehr als nur eine menschliche Pflicht sein.

Nach dem Wiederaufbau der zerstörten Stadt begann verstärkt eine Rückbesinnung auf das unersetzlich Verlorene. Hierbei nimmt das Schicksal der vernichteten jüdischen Gemeinde einen besonderen Platz ein, was die zahlreichen Dokumentationen jüdischen Lebens von Karl-Otto Watzinger, Volker Keller u.a. beweisen. Mosaikhaft entsteht so ein Bild vom einstigen Leben und Wirken der Mannheimer Juden.

Eine in diesem Zusammenhang bisher noch nicht entdeckte und genutzte Quelle stellen die Dichtungen von jüdischen Autoren aus Mannheim dar, insbesondere die in Pfälzer Mundart. Sie vermitteln uns in höchst origineller Weise, wie sehr diese Menschen an ihrer Heimatstadt, und nicht zuletzt an ihrer „Mudderschbrooch“ hingen.

Die Pfälzer Mundart war eines der Elemente, welches die Bürger verschiedener Konfessionen miteinander verband. Jiddisch wurde im 19. Jh. nur noch in wenigen Orten der Kurpfalz gesprochen. Wie es geklungen haben mag, erfahren wir aus einigen Dichtungen in dieser Sprache, verfaßt von Nichtjuden, welche deren Originalität häufig nutzten, um jüdische Eigenarten der Lächerlichkeit preiszugeben. Ein 1843 in Speyer anonym erschienenes Gedichtbändchen mit dem Titel „Eppes Kittisch!! Noch ä Beitraagk zu Israels Verkehr und Geist. Vunn kaam vun unsere Leut" beweist dies anschaulich. In ähnlicher Tendenz fügten einige Pfälzer Mundartdichter ihren Texten einen Anhang in sog. Jüdisch-Pfälzisch bei.

Die in der Großstadt Mannheim lebenden Juden waren im sprachlichen Bereich auf Angleichung bedacht und seit Generationen in die Pfälzer Mundart hineingewachsen. Es überrascht daher nicht, daß auch sie von der hier im 19. Jh. erwachten Lust, in heimischer Mundart zu dichten, erfaßt wurden. Ihr Anteil an der erfreulichen Entwicklung der Mannheimer Mundartliteratur ist beachtlich und beweist, wie sie ebenfalls auf diesem Gebiet das kulturelle Antlitz der Stadt mitprägten. Soweit wir in ihren Texten Anklänge an das Jiddische entdecken, empfinden wir sie als eine originelle Bereicherung. Dies trifft auch auf ihre Inhalte zu. Einige zeigen uns, wie die Juden in der Spannung zwischen Angleichung an ihre Umgebung und der Bewahrung ihrer jüdischen Identität lebten. Manche Äußerungen lassen erkennen, wie trotz der im 19. Jh. erreichten Gleichstellung, immer noch ein Rest von Unsicherheit blieb.

Viele gängige Themen der Mundartdichtung jener Zeit teilen die Autoren dieses Buches mit ihren übrigen Dichter-Kollegen. Weinselige Dichtungen findet man allerdings kaum. Dafür treten humoristische, oft kritische Schilderungen des Stadtgeschehens und gesellschaftlicher Veränderungen mehr in den Vordergrund. Allen diesen Dichtungen kommt der Vorzug der Pfälzer Mundart mit ihrer unmittelbaren, oft übertriebenen Aussage, ihrem reichen Wortschatz sowie den vielen volkstümlichen Redewendungen zugute. Die Texte gewinnen dadurch an Lebendigkeit und betonen die Besonderheiten des heimatlichen Lebensraumes.

Die Entwicklung der Stadt Mannheim hatte um 1900 einen Höhepunkt erreicht. Sie fand 1907 ihren sinnfälligen Ausdruck in den Veranstaltungen zum 300-jährigen Stadtjubiläum. Ebenso stand die Mannheimer Mundartliteratur zu jener Zeit in voller Blüte. Ein Blick in die Veranstaltungsprogramme jener Jahre vermittelt uns einen Eindruck davon, in welchem Maß Mundartdichtungen gefragt waren. Beispielhaft zeigt uns dies ein Programm für einen Pfälzer Abend des Schriftstellervereins Mannheim-Ludwigshafen am 2.5.1921. Dieser fand im Hause des jüdischen Gesangvereins Liederkranz in Mannheim, E 5, 4 statt.

***Einladung zur Dichterlesung im Hause des jüdischen Gesangvereines „Liederkranz“.***

## Schriftstellerverein Mannheim-Ludwigshafen

### An unsere verehrlichen Mitglieder!

**Der Pfälzer Abend**, der in unserer letzten Generalversammlung in Aussicht genommen war und wegen Erkrankung des Herrn Waldeck bisher aufgeschoben werden mußte, findet jetzt als

# Zwangloser Pfälzer Abend

**am Montag, den 2. Mai, abends 1/29 Uhr**
**im Liederkranz (E 5, 4, eine Treppe)** statt.

Ihre **Mitwirkung** für den Abend haben zugesagt:
Herr **Ludwig Hartmann**, der aus seinem »Bilderbuch: Kinnersprich vom Ludewig« vortragen wird. Sein Vortrag wird durch Lichtbilder noch fein unterstützt sein. / Ferner werden
Herr **Hermann Waldeck**
» **Karl Räder**
» **Hanns Glückstein**
aus eigenen Werken vortragen.

Das **Landhäuser-Quartett** wird durch Gesangsvorträge (Pfälzer Lieder) zur Belebung des Programms beitragen.

Das Ganze ist an Tischen mit Restaurationsbetrieb geplant, so daß der Abend schon durch die Anordnung einen zwanglosen Charakter hat.

Wir bitten unsere Mitglieder nicht nur um allgemeine Beteiligung, sondern auch um Werbung im Bekanntenkreise für den Abend, der so viel Gutes verspricht.

**Eintritt**: für Mitglieder M. 2.—, für Nichtmitglieder M. 4.— ausschl. Steuer. Die Karten sind im Mannheimer Tageblatt, H 2, 3 und im Mannheimer Musikhaus zu haben.

Dabei möchten wir Ihre Aufmerksamkeit auch auf den **»Pfälzer Morgen«** lenken, der am **Sonntag, den 17. April, vormittags 11 Uhr im Nationaltheater** stattfindet und gleichfalls der Pfälzischen Dichtkunst gewidmet ist.

**Am 19. April** veranstaltet der Schriftstellerverein zusammen mit dem Verein der Künstler und Kunstfreunde Mannheim einen Abend, über den Ihnen **beiliegendes Programm** Aufschluß gibt. Besuchen Sie diese Veranstaltung und werben Sie auch dafür im Freundeskreise!

Und für den Mai stehen uns noch andere Freuden bevor! Unser **Spargelessen in Schwetzingen** findet **Ende Mai** statt. Vielleicht lassen Sie sich ganz gern schon jetzt daran erinnern.

Hochachtungsvoll

**Mannheim**, im April 1921. DER VORSTAND.

Die Pfälzer Mundartdichter Hartmann, Räder und Glückstein traten hier zusammen mit dem jüdischen Mundartdichter Hermann Waldeck auf. Hierin zeigt sich das selbstverständliche Zusammenwirken von Juden und Nichtjuden in einer Stadt, die ohnehin in ihrer Geschichte kein Getto kannte. Diese Entwicklung setzte sich bis Anfang der 30er Jahre fort, bis dann die politischen Ereignisse auch auf diesem Gebiet ihre negativen Auswirkungen hatten. Die Folge davon war, daß sich die Juden wieder stärker den Wurzeln ihres Judentums zuwandten.

Als junger Mensch hatte ich im Zweiten Weltkrieg die Zerstörung Mannheims, zuvor in Heidelberg die Vernichtung jüdischen Hab und Gutes nach der sogenannten Kristallnacht erlebt. In langjähriger Kriegsgefangenschaft erfuhr ich dann in England die versöhnliche Haltung deutscher Juden. Dies mag zum Teil mein Interesse am Schicksal der Mannheimer Juden erklären. Hinzu kommt, daß ich über meinen Großonkel Hanns Glückstein (Mannheimer Mundartdichter von 1888–1931) und auch aus eigener Sammeltätigkeit in den Besitz von Pfälzer Mundartbüchern jüdischer Autoren aus Mannheim kam.
Sie hatten die Zeiten überstanden und nehmen heute in meiner Sammlung einen besonderen Platz ein.
Im Dezember 1995 stellte ich nun in der Buchhandlung Linde in Mannheim-Feudenheim eine Auswahl aus diesen Büchern erstmals der Öffentlichkeit vor. Als ich dabei das große Interesse der Zuhörer und Presse spürte, entschloß ich mich auf Anregung und im Zusammenwirken mit Professor Dr. Schwöbel zur Veröffentlichung der Texte im Verlag Edition Quadrat, Mannheim. Dort ist bereits eine Reihe von Büchern erschienen, die sich mit der Geschichte der Juden in Mannheim befassen, so daß dieses Buch eine weitere Bereicherung darstellen dürfte.

Die hochdeutschen Gedichte Kurt Bergs, mit denen das Buch schließt, stehen im sprachlichen und inhaltlichen Kontrast zu den vorangehenden Texten. Bringen die Mundartgedichte mehr eine heitere Lebensauffassung zum Ausdruck, so offenbaren Bergs hochdeutsche Verse die Schrecken der NS-Zeit. Solcherlei Erfahrungen hätten wohl schwerlich in Mundart zum Ausdruck kommen können, ganz abgesehen davon, daß Berg kein Mundartdichter war. Erst seine Dichtungen runden den Inhalt dieses Buches ab, indem sie zeigen, wie die jüdischen Bürger Mannheims durch das unfaßbare Geschehen der NS-Zeit aus der Normalität ihres Daseins in den Abgrund gerissen wurden.

Über Leben und Werk der einzelnen Autoren liegen nur wenige Angaben vor. Dies ist z. T. in den zeitgeschichtlichen Umständen begründet. Durch intensive Nachforschungen konnte ich aber noch einige Erkenntnisse gewinnen, die zum Verständnis der einzelnen Persönlichkeiten und ihres Schaffens beitragen; sie sind in die folgenden, kurzen Würdigungen der Autoren eingeflossen.

**Ludwig Levy,** geb. 22.1.1845 in Mannheim, gest. am 28.3.1903 ebenda. Sein Geburtshaus stand im Quadrat F 3, wo sich heute das Jüdische Gemeindezentrum befindet. Sein Vater Daniel Levy-Hanf stammte ebenfalls aus Mannheim, seine Mutter Jakobine geb. Kallmann aus Ladenburg. Er heiratete 1880 Julia Strauß, die 1886 verstarb. Die Spur ihres Sohnes Otto verliert sich im Ausland.

Wie ein altes Adreßbuch verrät, betrieb er in den B- und D-Quadraten einen Papierwarenhandel. Mehr über ihn können wir seinen Büchern entnehmen, die heute jedoch praktisch verschollen sind. Humorvoll sieht er sich in einer sozialen Doppelfunktion als Kaufmann und Dichter tätig, wobei ihm entsprechend „Musestunden und Miesestunden“ zufallen. Von liberaler Gesinnung, fühlte er sich als Pfälzer und Mannheimer, ohne je seine jüdische Herkunft zu verleugnen. Er wußte um die leidvolle Geschichte seines Volkes. Ein Satz wie dieser: „Dulden, dachte ich mit Shylock, dulden ist ja das Erbteil unserer Väter“, spricht für sich.

Von den hier vorgestellten Mundartautoren schlägt bei ihm die jüdische Herkunft am stärksten durch. Es ist daher ein Vergnügen, Jiddisches in seinen Texten aufzuspüren und seine Spitzen gegen den Antisemitismus zu verfolgen. Mit Witz und Satire schildert er auf gut Pfälzisch Handel und Wandel in seiner wirtschaftlich aufstrebenden Heimatstadt. Seine besondere Leidenschaft galt dem Mannheimer Theater. Man lese nur einmal den „Feschtgruß aus' m Olymp“, wo er in einer theaterbesessenen Marktfrau die Begeisterung der Mannheimer Bürger für ihr Theater schilderte.

Im Zeitraum von 1881 bis 1901 gab er insges. sechs Bücher, überwiegend in Pfälzer Mundart heraus. Sein erstes „Verschollenes und Neues. Humoristisches Allerlei vom Neckar und Rhein“ erschien 1881 im Mannheimer Verlag J. Bensheimer mit Illustrationen. Hieraus und aus den weiteren Veröffentlichungen wurden zahlreiche Gedichte und mehrere Illustrationen in dieses Buch übernommen.

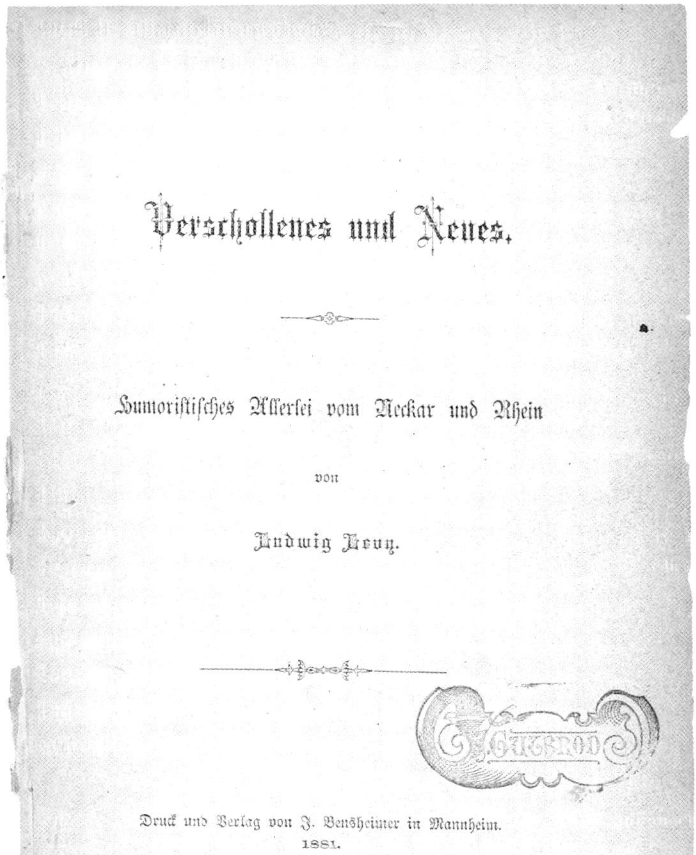

Verschollenes und Neues.

Humoristisches Allerlei vom Neckar und Rhein

von

Ludwig Levy.

J. GUTBROD

Druck und Verlag von J. Bensheimer in Mannheim.
1881.

***Titelblatt des ersten Buches von Ludwig Levy mit Eigentumsstempel des Malers Josef Gutbrod, Mannheim***

**Hermann Waldeck,** geb. am 2.7.1854 in Neuwied/Rh., gest. 25.9.1922 in Mannheim. Nach dem Tod seines Vaters kam er mit 5 Jahren nach Mannheim, dem Geburtsort seiner Mutter, wo er die israelitische Schule und das Gymnasium besuchte. Später arbeitete er als Prokurist in dem Bankhaus H. L. Hohenemser u. Söhne in Mannheim. Seine Frau Helene war eine geborene Rosenfeld.

Neben seiner Berufstätigkeit verfaßte er feuilletonistische Arbeiten, außerdem war er noch im Vorstand des Mannheimer Altertumsvereins und des Liederkranzes. Am bekanntesten wurde er durch seine drei Mundartbücher: „Aus d'r Mannemer Mapp", 1896; „Norr net brumme!", 1899 und „Vunn d'r Lewwer weg", 1903. In den darin enthaltenen Gedichten und Texten wartet er mit einer Palette von Mannheimer Typen auf. Mit feinem Humor leuchtet er hinter die Fassade der Mannheimer Gesellschaft mit ihren starren Konventionen und zeigt im Kontrast dazu Kinder und Jugend in ausgelassener Unbefangenheit, alles in bestem „Mannemerisch". Ein Glanzstück ist sein umfangreiches Gedicht „Einscht unn jetz", gewidmet dem alten Mannheim, das 1907 sein 300-jähriges Stadtjubiläum feierte.

Wie Juden trotz inzwischen erreichter rechtlicher Gleichstellung unter mancherlei Problemen zu leiden hatten, erfahren wir u. a. in dem Gedicht „Schweri Arweit". Darin wird die Taufe von drei Juden zwar in humorvoller Weise geschildert, dennoch spüren wir, daß es eigentlich um den traurigen Anlaß des Konfessionswechsels geht. Die drei konnten es nämlich nicht mehr ertragen, als Juden stets „scheel" angesehen zu werden. Seine Bücher widmete er seiner „Lieben Frau". Es berührt uns schmerzlich, wenn wir erfahren, wie diese sich 1942 aus Angst vor der drohenden Deportation das Leben nahm, so wie bereits ihre Tochter zuvor. Hermann Waldecks Sohn war der bekannte Ehrenbürger der Stadt Mannheim Florian Waldeck.

**Jakob Strauß,** geb. 20.7.1861 in Mannheim, gest. 1.5.1911, ebenda. Er wohnte in Mannheim, E 1, 18, wo er als „königlicher Hoflieferant“ eine Zigarren-handlung mit „Habana-Import“ betrieb. Daneben wurde er als Dialekt-Feuilletonist bekannt. Posthum erschien von ihm 1911 ein Gedichtbändchen mit dem Titel „Feierabend“. Ein Freund seiner Dichtung schrieb anonym im Vorwort dazu: „Noch selten habe ich einen bodenständigeren Menschen gekannt als Jakob Strauß, die Liebe zur Vaterstadt ging ihm über alles. Er schuf das „Mannem vorne“ aus innerster Seele heraus, er, der treue Sohn seiner Heimat, er, das Urbild des Bürgers“.

In seinem Gedicht „Die Quadratestadt“ liefert er uns humorvoll den Schlüssel zum Verständnis der Quadrateeinteilung in Buchstaben und Ziffern. Wer der Unrast unserer Zeit entfliehen möchte, lese seine philosophisch angehauchte Plauderei in Prosa „Mannemer Schbaziergäng“. Und wenn er vor über 80 Jahren in dem Gedicht „Benzwagen“ meinte: „Und wer nit weicht, werd iwwerrennt“, so trifft er damit den Nagel auf den Kopf, gültig erst recht für unsere Zeit.

**Ludwig Sinsheimer,** geb. am 23.10.1873 in Mannheim, ledig, Bruder des Theaterkritikers und Schriftstellers Hermann Sinsheimer.

Er wurde 1901 in Grünstadt als Rechtsanwalt ansässig und war dort ein angesehener Bürger.
Nach 1933 begannen seine Schwierigkeiten mit den

Machtorganen des Dritten Reiches. Er lieferte an die ausländische Presse Informationen, mit denen er auf die Verfolgung der Juden in Deutschland hinweisen wollte. Man kam dahinter, er wurde im Januar 1934 inhaftiert und am 20.12.1935 vom Volksgerichtshof in Berlin zu einem Jahr und drei Monaten Gefängnis verurteilt. 1936 fand er in seinem Geburtsort Mannheim bei seinem Bruder Carl Unterkunft. Doch weitere Leiden warteten auf ihn. Am 22.10.1940 wurde er mit vielen Schicksalsgenossen in das berüchtigte Konzentrationslager Gurs/Südfrankreich verschleppt. Im Nebenlager Noé verstarb er am 30.3. 1942 im Alter von fast 70 Jahren fern der Heimat. Sein Name ist auf dem Denkmal des Lagers festgehalten.

Nur ein einziges schriftliches Zeugnis von ihm fand ich in seinem Gedichtbändchen „Dr Derkemer Worschdmark“, erschienen 1910 im Verlag D. Meininger, Neustadt a.d. Haardt. Sein Inhalt ist ein Schlüssel zu seinem Wesen.

Es lohnt die Mühe, sich in seine pfälzische Mundart, wie sie im Leininger Land vor rund 100 Jahren gesprochen wurde, einzulesen. In 17 Gedichten entwirft er uns ein umfassendes Bild des traditionsreichen Volksfestes, dessen Ursprünglichkeit er durch die Machenschaften des Kommerzes in Gefahr sah.

Es sind kleine, kostbare Bilder, die er da vor uns hinzaubert. Fast untergegangene Pfälzer Ausdrücke tauchen wieder auf. Mit einer Feinheit ohnegleichen beschreibt er auch die Empfindungen der Kinder bei den für sie ungeheuerlichen Erlebnissen mit Kasper und Menschenfressern, bis sie schließlich abends im Zug vor Erschöpfung einschlafen.

„Uff die Ärm leggt der Vadder se friedlich se zwett.
Sie dusseln in dr Bahn, deheem unn im Bedd.
Im Draam noch de Worschdmark spinnen se fort
Unn knäwwern unn däwwern als wären se dort."

Ein liebenswerter Mensch schaut uns aus dem Spiegel seiner urwüchsigen Gedichte an. Es wird uns dabei bewußt, was Goethe mit den Worten meint: „Jede Provinz liebt ihren Dialekt, denn er ist doch eigentlich das Element, in welchem die Seele ihren Atem schöpft".

**Kurt Norbert Berg,** geb. am 1.3.1910 in Mannheim, gest. am 13.11.1960 in den USA. Seine jüdischen Eltern betrieben in Mannheim, U 1, 3 ein Papierwarengeschäft. Sie ermöglichten ihm eine gute Schulbildung und den Besuch der Universität, wo er zunächst Jura, dann Germanistik studierte. An der Heidelberger Universität beeinflußten und prägten ihn die Professoren Gundolf und Jaspers, Goethe wurde zu seinem Leitstern.
Kurt Berg promovierte zum Dr. phil. und träumte davon, einmal selbst an der Universität zu lehren. Die inzwischen durch die NS-Politik eingetretenen Veränderungen setzten jedoch seinen Plänen ein Ende. Das war für ihn, der mit der deutschen Kultur so eng verbunden war, ein furchtbarer Schlag, von dem er sich nicht mehr erholen sollte.

1935 heiratete er in Mannheim Dr. Marie Hirsch, redigierte das Jüdische Gemeindeblatt bis zum Verbot im Jahre 1938. Als Lehrer leitete er für Auswanderungswillige einen Aufbaukurs. Sozusagen in letzter Minute konnte er 1940 mit seiner Familie nach den USA auswandern, nachdem zwei Jahre zuvor sein Vater sich das Leben genommen hatte und seine Mutter verschleppt worden war.

Wie so viele Emigranten, konnte auch er in seinem Exil keine Wurzeln schlagen. Als Arbeiter, Deutsch-Lehrer, schließlich als außerordentlicher Professor für Deutsch und Literaturgeschichte an der Hamline University in St. Paul verdiente er seinen Lebensunterhalt. Nach Kriegsende versuchte er noch zweimal vergeblich, wieder in seiner deutschen Heimat Fuß zu fassen; sie war ihm aber inzwischen fremd geworden.

Sein ganzes Lebenswerk, Hoffnung und Verzweiflung, spiegelt sich in seinen hinterlassenen Dichtungen. Sein Traum, diese in einem Buch vereinigt zu sehen, ging nicht in Erfüllung. Noch in seinem Todesjahr schrieb er: „Ich zweifle, daß ich dieses Buch je füllen werde; aber das törichte Herz handelt so, als ob es nie zu schlagen aufhörte“. Nicht lange danach starb er an gebrochenem Herzen. Franz Riegl veröffentlichte 1962 Kurt Bergs Gedichte mit einem Vorwort unter dem Titel „Führe mich zur Abendinsel“ in der Druckerei- und Verlags-Gesellschaft mbH, Mannheim. Ich entdeckte den Band in einem Mannheimer Antiquariat. Sein Inhalt berührte mich tief.

Es ist mir ein Bedürfnis, die längst Verstummten noch einmal in ihren Dichtungen zu uns sprechen zu lassen. Danken wir ihnen für das treue Bewahren ihrer – unserer Heimat in ihren Gedichten und Texten. Schenken wir auch ihnen ein klein wenig Heimat in unserer Erinnerung.

*Heddesheim, im Herbst 1997*

Meinen Dank an meine Ehefrau Irmgard für ihre große Mithilfe und Geduld und an meinen Mitherausgeber Hans-Peter Schwöbel für seine freundschaftliche und fruchtbare Unterstützung möchte ich anschließen.

***Ludwig Levy***

*1845–1903*

*Mannem, denk ich so an dich,*
*kummt dieß Sehnsucht iwer mich.*

# Knittelhafte Elegie an sei Vatterschtadt

**vun'me Mannemer in d'r Fremd.**



Im badische Länd'l, an seller Schtell,
Wo d'r alte Rhein de Necker
Vätterlich in sei Aerem schließt,
Un wohin uff beede, Boot un Schlepper
Buntbeflaggt de Seege fremder Länder bringe,
Do ligt, idillisch, wie e Nud'lbrett so flach
Un eingedeelt in schachbrettartige Gasse,
Mei schtolzi Vatterschtadt, 's schnookereiche Mannem.

Mannem, wann ich dein gedenk,
Mich in's Meer d'r Zeit versenk,
Wo hell d'r Jugendschtern erglänzt,
Die Zukunft hoffnungsgrin umkränzt,
Wo jeder Blaschterschteen eem mahnt,
An's Ziel, wo m'r hot angebahnt,
Wo jeder Drotschegaul eem kennt
Un eem beim rechte Name nennt –

Mannem, denk ich so an dich
Kummt diefi Sehnsucht iwer mich.
Un aus d'r Fern schweift heit mei Blick
Nooch dir, mei Vatterschtadt zurick!
Mannem, holdi Zier vum Rhein,
Ach kennt ich norr' bei d'r sein!
Rumm in deine Gasse laafe,
Im „Eechbaam" m'r mei Schoppe kaafe.

Uff'm „Schnookebuckel" Montags kechle
Un die Welt dabei durchhechle,
Oowends uff'em Juchhee sitze
Un vor Enthussiasmus schwitze –
Ach, wie ligschte doch so weit,
Scheeni, gold'ni Jugendzeit!

Ja, dess ware scheene Schtunne,
Wo ich im Leeschl uff d'r Schtang
For drei Batze bin geleege,
Mich hab erbaut an Schbiel und G'sang.

Rechts unn links Freind meiner Jugend,
Wer ken Sitzblatz hott, der schdeht –
D'r Teitelbaum, Erholung suchend,
Ligt uff d'r Schtang so lang wie breet,

Un im Eck d'r Karlche Meier,
Voller Kunschtsinn, voller Feier,
All' de Künschtler hoch und dheier,
Als ablodirendes Ungeheier.
Wie Gewitterschläg erteent's im Haus,
Regt er sei Händcher zum Ablaus.

Du alti Zeit, wie treibscht de heit
So manchi Blieth, gar frisch un jung
Bei mir in d'r Erinnerung.
Unn aus d'r Zeit, d'r gute alte,
Schbrieße friehlingswarm in meiner Bruscht
Dheire unvergessliche G'schtalte.

Im Geischt guck ich de Kremblmark
Mit seim kunterbunte Quark,
Mit seine Handels-Matadore,
Die Merkur selbscht sich auserkore
Un wo an Jedem, wohlgebore,
Is e Commerzierath verlore.

Die Duwacksballe seh ich fahre,
Die Hoppesäck, hoch uffgericht,
Sorgsam verlad'ne Pälzerwaare.
Daß ke Schterblicher die Zeeche sicht –
Was kummt un geht, werd streng betracht,
Dann's Aag der Cuncerrenz, dess wacht.

Die Wieschte Sara, norr im Kleene,
De Mannemer Schloßhof guck ich aach!
Biss dort d'r ausgehutztelt Rase,
Biss do die Wieschte werd Oase,
Kummt sicher bei d'r jingschte Dag.

*Ludwig Levy*

Jawohlche! Was wor iss derf mer frei sich g'schtehe,
Unser Schloß hott bessere Dage g'sehe!
Wo mer jetzt flott for schbätere Dahte,
Die hehere Dechtercher dressirt,
Do hott in de Kurpälzer Zeite
D'r Herr Karl Thedor brav regiert.

Hotz, war domols im Schloß e Lewe!
Do hott noch's Pälzer Blut d'r Rewe
Gekreißt im goldene Bokal
Gar oft im hoche Rittersaal.
Un oft hott's Kurferschts hoche Gnade
Als dort zu Schbiel un Danz gelade –
Jetzt singt un schbringt un kneipt un zecht,
Im Ballhaus, wo die Rheinschnook schtecht
E neies Mannemer G'schlecht.

Un wo im Hof vum Schloß
E ganzer Dienerdroß
Sich als hott stramm gedummelt,
Jetz stolz die Kindsmaad bummelt,
Im Arm, de junge Schbroß,
Im weide Hof vum Schloß.

Un schtatt d'r Kurferscht's Schees
Fehlt unsrer Geilsbahn als
Im Schloßhof aus Kurpalz
Beim Schwenke, oft im Nu,
Hie un do's Randehwou
Un hupft aus'm Gelees.

Un wo mer 'naus guckt, nix wie Geegend!
D'r ganze Umkrees reich g'segend
Mit Wald un Wisse, Berg un Fliß,
Mit Rewe, Quetsche, Aeppel, Niß.

Du scheenes Neckerparadies!
Uff'm Pegasus, dem Dichtergaul,
Schick ich d'r dausend Herzensgrieß!
Iss aach d'r Klepper lahm un faul,
D'r Gruß entschteigt 'me Pälzerherz
Deß warem biß an's Ende schlägt
In Freiheit allzeit unentwegt
For's Vatterland, for Lied un Scherz.

Kling hin mei Lied, froh in die Palz,
Gott schütz dich Mannem! Gott erhalt's!

*Ludwig Levy*

# Monolog des Nachtwächters Dümmel

**(bei seinem Abschied vom Mannheimer Schauplatz am 31. Oktober 1876)**



Lebt wohl, ihr Heiser, ihr geliebte Gasse,
Ihr traulich schtille Plätz, lebt wohl!
D'r Dümmel werd jetzt nit mehr uff eich wandle,
D'r Dümmel secht eich ewig Lebewohl.
Ihr Meßbudicke, die ich als g'schitzt, ihr Blankebeem,
Unner denne ich gewandelt, grihnt fröhlich fort!
Lebt wohl ihr Kendel unn ihr alde Brunne,
Wo manchi Mahd mit ihr'm Drachoner kost,
Leb' wohl, du aldes Mannem, treu und bieder,
D'r Dümmel geht unn nimmer kehrt'r wieder.

Ihr Bletze alle meines stillen Schlummers,
Eich loss' ich hinner m'r uff immerdar!
Ihr Zecher, die ihr „schicker" heemwärts wandelt,
Ihr seid jetzt eine hirtenlose Schaar.
Die Bollezei werd jetzt die Heerde weiden
Un dhun, was lange meines Amtes war,
So iss des Stadtroths Ruf an mich ergange,
Mich treibt nit's eig'ne schläfrige Verlange.

Dann der die Bollizei uff ihre jetz'ge Höhe
Vun siebzig Mann, theils mit Gewehr, gebrocht,
Der ihr befahl, scharf uff die Wacht zu gehe,
Un wass dess Nachts bassirt, vun ihr erfrogt –
Der unserm Schtand, dem treie, heilge, alte
Hott ausgebloose seines Lewens Docht,
Er sprach zu uns: Geht heem, ihr kennt jetz' schloofe,
Die Bollezei werd wache, fange, schtrofe!

E Zeeche hot d'r Himmel mir verheeße,
S'iss mein Clarinett aus alder Zeit,
Wie ich beim zwette Reschiment Drummbeder bin gewese,
Die Luscht zum Bloose iwwerkummt mich heit.
Zur heilige Cäcilie will ich mich schterze,
Zum Bitterwolf mit Schturmes Ungeschtüm,
Den Mahnruf hör ich mächtig zu m'r dringe,
Die Baßgeig schnarrt un die Drummbede klinge!

# Abschied vunn de Blankekedde.

So wart aach Ihr bestimmt, ehrwird'ge Kette, alle
Dem scharfe Zahn der Zeit zum Opfer jetzt zu falle,
Der neie Zeit, die jo so viel schunn hott vernicht,
Was uns Alt-Mannem einscht so koschtbar uffgericht.

Ich will jo vunn der Huzel unn Gänsburg kee Wort sage,
Wo m'r als danze iss an Sunn- und Feierdage,
Ich loß's Mihlauschless'l unn die Rheiluscht aus'm Spiel,
Awwer wass zu viel iss Leitcher, dess iss halt emool zu viel.

Kaum iss de Blankebeem 's Daseins Licht genumme,
Erlewe m'r ball druff, daß Kett unn Schteen drankumme,
Dieselwe Kett wo Ring for Ring zu eem duht sage:
„Do hoscht als Bu gegaunscht unn Borzelbeem druffg'schlage."

Jo manches alde Bild aus längscht vergangene Zeite
Halt die Erinnerung feschd, der Jugend Freed unn Leide,
Noch heer manch' Nochbars Kind ich seim Vadder
Hunger klage
„Geh in die Blanke, gaunsch", war sei Singe unn sei Sage.

Entschwund'ne Zeit d'r Jugend – o sel'gi Gaunscherei,
'S Lewe voll kihnem Hoffe, d'r Buckel leicht unn frei –
Unn hott als hie unn do geknorrt aa unser Mage
Dess hott uns nitt schenirt d'ruff Borzelbeem zu schlaage.

Sag Eener was e Sach iss, Ihr Leit glaabt's uff mei Wort
'S war lang noch nitt die dummschte unn nitt die
schlimmschte Sort,
'N Borzelbaam hott g'schlage gar seltsam in de Wind,
Oft noch in schbät're Dage, manch' großes Mannemer Kind.

Ihr awwer Blankekette mißt Eich vor'm Schicksal beige,
D'rum megt Ihr nitt zu schwer vunn Eire Bletz do weiche
Fescht habt Ihr aus schdets g'halde, habt Eires Daseins
Zweck erreicht,
D'rum werr Eich aa' m „Awerle" sei ald' Eiselager leicht!

*Ludwig Levy*

# Hundstägliche Ehestandsbetrachtung

Es steht seit alten Zeiten
Die Schwimmschul an dem Rhein,
Dort kehren müde Seelen
Zum kühlen Bade ein.
Und Menschen, die sonst Feinde
Vom besten Wasser sind,
Sie tauchen in die Fluthen –
Der Vater und das Kind.
Sie Schwimmen auf dem Rücken
Und rudern mit dem Bein,
Durch Deutschlands schönste Fluthen,
Gesegnet sei der Rhein!

Der Casus, Leitcher, scheint meiner Fraa de Kopp verdreht zu hawwe, was übrigens bei dem Barometerstand kee'n Wunner iss, Ja, Leitcher, een Narr macht viele, b'sonders bei dere Hitz. Heit morge erbitt' sich mein Fraa noch'm Kaffee e geheime Audienz vunn mer. Ich loß die Kinner aus der Schtub geh'n unn sag zu meiner Fraa: „Sodele, jetzt schieß loß! Raus mit de wilde Katze, was hoscht uff'm Herze?"

„Baschdian", secht se d'ruff, „ich brauch'n neie Anzug, awwer –"

„Was", kreisch ich d'ruff unn greif in mein Schloofrock, wo noch brihwarm die Rechnung iwer empfangene Summerkleeder g'schtocke hott, – „was, do guck her, eeneneinzig Mark verzig unn schunn widder 'n neie Anzug, ei do soll jo glei e Gewitter in sämmtliche alte unn neie Modefarbe neinschlage!"

„Sei nor schtill, alter Brummbär", secht d'ruff mein sißer Ehestandsbacyllus, „de Anzug, wo ich jetzt

brauch, koscht keen Vermöge, vier Mark achtzig noch'm neischde Schnitt, Jägerisches System."
„Vier Mark achtzig" sag ich d'ruff ganz kleenlaut, „was kann dess sein?"

„Korze Fisch", secht se d'ruff, „'s iss'n Schwimmanzug, ich will schwimme lerne, die Bobemayern mit ihre krumme Been lernt aach, unn sie hott ganz recht. M'r kann nit wisse, wie's geht, wann emol widder Hochwasser kummt. Wer schwimme kann, bleibt owwe unn wer's nit kann, hockt do mit sei'm Talent unn geht unner. Du brauchscht keen Wort zu redde, 's iss ausgemacht, ich loß mich anbinne unn wann ich schwimme kann, dann kann's kumme wie's will."

Ich habb gemeent, ich mißt mich dodlache, mein Fraa im Schwimmkoschtim! Mein Fraa als lewendige Arche Noah unn verwerklichter Daucher vunn Schiller!

„Also schwimme willscht lerne, mein zukinftige wasserspeiende Delphine? No, ich habb nix dagege, awer die Bedingung mach' ich, daß De Dich in dem Summeranzug for vier Mark achtzig moole loscht. Dein klassische andike G'schtalt iss'n hervorragendes Objekt d'rzu."

No, was soll ich weiter sage, 's End' vumm Lied iss, mein Fraa schwimmt wie'n bleierner Fusch unn kummt vunn d'r Schwimmschul nit mer heem.

Jeden Dag geht de ganze Morge d'ruff, ich glaab,'s Wasser iss dort draus for die Kraft, wo die Klappermühle in Bewegung setzt. Ich dank vor denne Schwimmschulkränzelcher in der Morgestund', wo der Mann mittags manchmol nix zu beiße krischt.

Seitdem mein Fraa Rheinschwimmer'n iss, bin ich der Geduschte. Seitdem mein Fraa uff's Schwungbrett geht, iss mittags nix bei mir uff'm Servierbrett. Pikant sinn nor die Geheimnisse aus der Dameschwimmschul, die wo m'r mein Fraa mit blihender Fantasie mittags uffdischt. Awer aus d'r Schwimmschul derf m'r nix schwetze.

Wann m'r's iw'rigens im richtige Licht bedracht, hott mein Fraa recht, wann se secht:

'S Schwimme iss e feine Kunscht,
Wer's lernt, der kann's nit ummesunscht,
Dann mancher Mensch schwimmt wie bekannt
Aach schbäter uff'm druck'ne Land.
'N Jingling iss im Kopp verrickt,
Seit'r sei Flamm an's Herz gedrickt,
Er schwimmt in Jubel unn Plaisir,
Geht er als Arm in Arm mit ihr.
'N Mime, der sein Roll nit kennt,
Vunn dem secht d'r Herr Recensent:
Herr Faul schwamm wieder,'s war ein Wunder,
Daß er, der Wack're, ging nicht unter.
Verschwumme heeßt m'r's, wann e Bild
Sein rechte Kunschtzweck nit erfillt,
Doch wer am bescht schwimmt mit dem Schtrom,
Der werd bald Kardinal zu Rom.
D'rum roth ich Eich, frisch, frumm, froh, frei,
Lernt schwimme wie'n junger Hai,
Dann kennt'r mache ohne Mih,
Bis uff New-York e Schwimmparthie.

# Mannemer Mädle.

Mannem, nee, dess sinn ke Gloome,
Iss e Schtadt ganz kumilfoo,
Unn vum Rhein bis nuff zum Eismeer
Gibt's kee zwetti halt mehr so.

Wer dran zweifelt, ei der nenn m'r
Noch e Stadt im weite Reich,
Wo de Rhei, den goldne Strom, hott
Unn de Neckar aach zugleich.

Doch m'r macht kee groß Mirakel
Vunn dem Wasser, wo do fließt,
Nimmt's zum Butze unn zum Wäsche
Unn zum Trinke jo – mer gießt.

For de Dorscht blih'n ann're Quelle
In d'r frisch, frei, frohe Palz.
Jo, weeß Gott dem ächte Pälzer
Rinnt kee Wasser durch de Hals.

Guckt eich um in unsere Gasse,
Jedes zwette Haus e Schenk,
Jedes Eck e altdeitsch Bierhall
Mit fein g'schnitzte Disch unn Bänk.

Alles will jetzt altdeitsch hawe,
Schtoff for die Begeischterung –
Norr die Mädle, wo serviere,
Will m'r neideitsch, dess heeßt jung.

Approbo, weil vunn de Mädle
Ich jetzt grad die Redd do hab,
Vor dem scheene G'schlecht vunn Mannem,
Leitcher, ziech de Hut ich ab.

*Ludwig Levy*

Dess bliht hier in heekschter Bildung,
Unn die Bildung, die macht frei,
Deßhalb sinn die Mannemer Mädle,
Wo was los iss, aach dabei.

Danze mit de Simpelsfranze
Dhun se wie e jungi Fee,
Laafe nooch 'm Bellegrabbe,
Liggt aach fußhoch draus d'r Schnee,

Unn heeßt's zur Kumedie gehe,
Jesses, nee, grad wie d'r Wind,
Unn wann Kisselschteen dhät blatsche,
Sinn se bei d'r Hand so g'schwind,

Radele dhun se, 's iss zum Schieße
Unn wann Schitzefescht als iss,
Pooefeddere se dann schwinge
Drauße uff d'r Kitzelwiss

Habt' die Schweizer Jungfraa g'sehe,
Die iss m'r zu alt unn kalt,
Unser Jungfraae dagege
Sinn vunn magischer Gewalt.

Was die Schtadt am Rhein unn Neckar
Seltenes hott unn Scheenes aach,
Kummt nit uff gege sein Mädle,
Die so klor sinn wie d'r Dag,

Unn wann so e Wunnerblimche
Aach noch's neethige Kleengeld hott,
Wann d'r Alte raus kann ricke
Mit de Batze, dann weeß Gott,

Dann gibt's nit so leicht en Blatz mehr,
Dess iss sicher unn gewiß,
Wo e Meedel mit Monete,
So wie hier hott dess Geriß.

Drum loßt unser Meedle leewe,
Dann sie sinn bei meiner Seel'
In d'r Stadt am Rhei' unn Neckar
Unser scheenschdes Kronjuwel.

*Ludwig Levy*

# Der Mannemer Maimarkt.



Seid gegrißt ihr edle Viecher,
Aus 'm Palzgau noh unn fern,
Seid gegrißt, ihr Ochse, Kälwer,
Kih unn ihr des Maimarks Stern,
Edle Geil vunn alle Rasse,
Seid gegrißt in unsere Gasse!

Grieß euch Gott, ihr Schof unn Hämmel
In der Hannelstadt am Rhei',
Aach ihr Rinner, Bleß unn Scheckel,
Sollt bei uns willkumme sei'!
Gruß dir Heddel unn eich Geese,
Unn wie schunscht die Viecher heese.

Was iss heit nit all z' gucke
In der Stadt vunn A bis Z?
Hannelsleit in blooe Kittel,
Rindviech mager unn ach fett!
Preisgekreent werd manches Stick –
Je schwerer 's Vieh, je größer's Glick.

Hengscht unn Schtute, Fichs unn Schimmel,
Guckt mer a in schwerer Mass',
Unn uff Gummiräder schleiche
Equibage durch die Gass',
Unn die echte Vollblutrenner
Sinn e Gaudium for die Kenner.

Wann die Geil, wo all do kumme,
Als uff unsern Maimark her,
Redde kennte statt zu wiehere,
Kinner, do wäre was damähr.
G'schichte glaab ich, dhät mer here,
Die uns kennte viel belehre,

Ja, so Geilshischtorie wäre,
Zweifellos höchscht intressant,
Wann so'n Klepper dhät verzähle,
Wo vunn Maxdorf jetzt fahrt Sand,
Wie er als in bessere Dage
Galopirt mit Gallawage.

Unn 'n Annerer kennt uns melde,
Daß sein Ahn im Circus Renz,
Uff zwee Been iss flott geloffe,
Unn gedanzt die schenschte Dänz,
Er müßt zackre, statt zu danze,
Unn die Beitsch sorgt vor's Kurranze.

Doch jetzt fort, ihr Geilsgeschichte,
Dann rrr es kummt e anner Bild –
Orgeltöne, rheingoldartig,
Harfemädle wundermild.
'N Meineid wär do druff zu schwere,
In Bayreut iss dess nit zu here!

Aus dem Land des wälschen Kornes,
Dudelsackspfeiffer vunn der Haardt
Hupse saltorellomäßig
Unn es iss'n wahrer Schtaat,
Wie mit irdischem Verlange
Mit dem Hut sie's Geld uffange.

Korze Fisch, was soll mer sage,
Unser Maimark hott e Art! –
Do die Viecher, dort Kameeler,
Affe unn e Moridaht,
Uff 'm Wachstuch iss zu schaue,
Wie mer Weibsleit nit soll traue.

*Ludwig Levy*

Morgens schun beim Dagesgraue
Do fangt an die Dudlerei –
'N Radau iss in de Gasse,
'S geht zu, wie in d'r Wallachei!
Doch noch über dess Georgel
Geht so e Pelzer Maimarksgorgel.

Was die in dem Maimarksschlorum
Alles zamme cunsomiert,
Wickle, Dorschtle unn so weiter,
Sei hier weiter nit nodirt.
M'r weeß jo, so'n Pelzer Mage,
Der kann Kieselschteen vertrage.

Stiller werd's erscht in de Gasse,
Wann die Nacht umhüllt die Erd'
Unn die Pelzer „wonnemond trunken"
Uns de Buckel zugekehrt
Unn derhem in schtiller Kammer,
Drame vunn dem Maimarksjammer.

Wacht 'r uff am nächschde Morge,
Denkt an geschtern dann zurück,
Seggt d'r frisch frei frohe Pelzer
Mit erinnerungsvollem Blick:
Des Lebens Mai bliht emol – dess iss bitter,
Der Maimark awer – Gott sei Dank, kummt widder!

***Pferdeverkauf***
***auf dem Mannheimer Maimarkt***
*um 1905*

# Der bairische Hiesel.

**Eine schaurige Ballade, so sich wirklich auf der Rheinbrücke zugetragen.**



Wer dorkelt so schbät bei Nacht und Wind?
S' iss 'n Mannemer Vatter unn sei Kind.
Sie kumme „vunn driwwe" Arm in Arm,
D'r Vatter friert, d'r Sohn hott – warm.

„Chrischdof, Du machscht so kurjosi Schritt!" –
„Ach Vatter, guckscht dann de Hiesel nit?
De ‚bairische Hiesel' mit Hund unn Bix" –
„Geh Schote, sei still, ich guck doch nix!"

„Kimm liaber Freind, kimm, geh mit mir,
Mir feiern den Oanstich vumm Salvator-Bier,
Vum heilg'en Salvator am Isarstrand,
Drum Freind kimm mit unn gib m'r d' Hand!"

„Vatter, ach Vatter, heerschte dann nit?
D'r bairische Hiesel secht, kumm, geh' mit!"
„Sei schtill unn babbel nit wie e Kind –,
E Gewitter, fegt uff d'r Brick d'r Wind!

„Kimm Freindche, willst dann nit mitgehn?
Beim ‚boarischen Hiasel', do iss 's goar scheen.
„Gu'n Morg'n Herr Fischer" tönt's im nächtigen Reihn,
Unn d' Kathi unn d' Susi, sie schenk'n d'r ein!"

„Vatterle, Vatterle, guckscht dann nit dort
M' Hiesel sei Mädle am luschdige Ort?"
„Chrischdof, mei Sohn, du reddscht wie im Draam,
Du sichscht dort e Mädel unn's iss norr e Baam!

„Kimm Freind, kimm mit in de Hiasel zaruck" –
„Jesses, i glaab Du liegst uff d'r Bruck!"
„Vatter, ach Vatterle, heb mich doch uff,
D'r Hiesel hot mich gschtumbt, ich glaab ich geh druff!" –

De Vatter grusselt's, er rennt d'rvon,
Er schleppt in de Arme sein ächzende Sohn;
Erreichet Mannem mit bangem Hoffen,
In seinen Armen der Sohn war be-kneipt.

# Ruine.

Schteht ergendwo e Burgruin,
E ald verfalle Schloß,
Do pilgere Mensche zahllos hin
Zu Wage und Zu Roß.

Die sinn dann oft ganz hin unn weg,
Bewunnere jeden Riß,
Weil halt immer an Ruine,
Die Ruine 's schenschte iss.

Dogege bischt Du iwwel dran,
Du Mensch, wo ruinirt,
Weil zu dir, iss kee Weg gebahnt,
Der'n Freund hin zu d'r fihrt.

# Stoffwechsel.

„Jetzt ziegschd Dich heit zum dritte Mol,
Lieb Fraache, annerschd an,
Ich glaab, dess hott die Bumbadur
Noch nit emol gedhan!"

„Sei schtill Mann," laut die Antwort druff,
„Du machschd's mit Bier unn Wein
Unn ich finn do mei' Schbaß halt dran –
Stoffwechsel, der muß sei!"

*Ludwig Levy*

# Grabschrift

Gegolten hat einst nichts auf Erden
Der Biedermann, Herr Christian Schmitt,
D 'rum ward er, um etwas zu werden,
Ein riesiger – Antisemit.

# Nicht standesgemäß.

Der 10jährige Sohn des Commerzienraths Dessauer kommt aus der Schule nach Hause und erzählt, daß zum Geburtstag des Landesfürsten ein Festakt mit Gesang stattfinden würde, bei welchem er auch mitsingen dürfe.
Commerzienrath: „So Du derfst mitsinge, Moritzche? Was derfst De denn mitsinge?"
Moritz: „Ich darf die zweite Stimme mitsingen."
Commerzienrath: „Die zweite Stimm' und wer singt dann die erste Stimm', Möritzche, mein Herz?"
Moritz: „Bei der erste Stimm ist der Blumenthal, der Lilienfeld und der –"
Commerzienrath: „Was, die Gäscht sollen singen die erste und Du mein Gold, mein Kron' sollst singe die zweite Stimme. Sofort sagst De Deinem Lehrer, daß wenn De nicht singe darfst die allererste Stimme, ganz vorne dran – ich nicht erlauben dhät, daß De mitsingst auch nor ein Achtelche von e Ton."

# Boarisch und Pälzisch.

In Mannheim, der Stadt, allwo nächst Celle in Hannover bekanntlich das „beste Deutsch“ gesprochen wird, lebte der wohlbestallte Parapluiemacher Zorn, ein alter, wack'rer Junggeselle. Zu diesem trat eine dralle Münchnerin, Namens Susi, als Haushälterin in Diensten.

Zorn war trotz seines ominösen Namens ein guter Mann, deßhalb hatte es Susi auch gut bei ihm und einen Vogel besaß er, ein Schwarzköppel, das liebte und pflegte der alte Parapluiemacher wie seine besten Schirmgestelle.

„Susi“ sprach eines schönen Tages Herr Zorn, „ich hab do'n Brief grischt aus Derkem, ich verreeß um Neine unn kumm erscht uff de Owend widder. Baß Se ordentlich uff unn geb Se'm Schwarzköppel de Middag Fuder – Hanfsome, e paar Salatblätter unn e halwi Bir.“ (Birne.)

Susi sah ihren Herrn mit großen Augen an, dieser in Eile, kniff ihr noch mit zutraulicher Regung in die Wangen und entfernte sich schleunigst.

„Jesses“, monologisirte jetzt Susi, „hob dann i oder mei Herr de Verstand verlor'n? Oder was iss dann dös for a Vicherl? Hanfsoam'n, Salat und a – na schau'ns, dös hab i mei Lebtag nit g'hört!“

Nach einer kurzen Reflexion entschloß sich jedoch Susi, als treue Dienerin, zu thun so wie ihr Herr befohlen.

Die Nacht hatte bereits ihre Fittige ausgebreitet, als Herr Zorn in seliger Weinlaune aus der Pfalz zurückkehrte. Sein erster Gang galt seinem vielgeliebten Schwarzköppel.

*Ludwig Levy*

Letzteres trillerte jedoch heute nicht wie sonst, wenn es seinen Herrn sah, traurig ließ es den Kopf hängen. Zorn stellte sich vor den Käfig und pfiff ihm einen Walzer eigener Composition vor, aber das Schwarzköppel rührte sich nicht.

„Hm, hm, hm", brummt Zorn in den Bart, „do iss was vorgange? Was iss dann dess for'n Haffe? – Susi, was hot Se dann em Schwarzköppel gewwe?"

„Ja schaun's" erwiederte Susi, „wie's holt g'sogt hob'n, Hanfsoam'n, Salat und a halbi Bier hob ich sell' aus'm Maierhof g'holt – 's meist hob aber i davon trunken, weil's Vogerl nit g'mögt hot."

„Jesses", rief Herr Zorn, die Hände über den Kopf zusammenschlagend, „Susi, Susi, Sie werd m'r mit Ihrem Dialekt doch nit mei Schwarzköppel verruinirt hawwe!"

# Tempi passati.

Wie ich en holder Jingling war
Vunn ungefähr zwansig Summer,
Do hot die Lieb un's Liewesleed,
Gemacht mer oftmals Kummer.

Der Lewensmai war ball vorbei
Unn Herbscht iss es druff worre',
Do iss die Lieb mer abgerutscht,
Im Bauch her ich se knorre.

Ich froog nix mehr nach Weiwer, nee,
Noch Käddel nix unn Rickel,
Mei Lieb hockt halt im Mage jetzt
Unn heeßt en guter Wickel.

*Ludwig Levy*

# 'S Zeighaus.



E Dämche iss, Gott weeß wie oft,
Als in'n Mannemer Laade kumme
Unn hott mit lauter zeige losse
De Leit ihr Zeit dort weggenumme,

Sie hott niemols for'n Knopp gekaaft.
Dess hott den Kauffmann bees verdrosse,
Drum seggt 'r: „Waard, wann d' widder kummscht,
Dich wee ich scheen anlaafe losse!"

Unn werklich dauert's aach nit lang,
Kummt's Dämche widder in de Laade
Unn seggt: „Ach zeige Sie mir doch
Vumm allerfeinschde Seidefade!"

Doch dodruff seggt d'r Kauffmann spitz:
„Mir scheint, daß Sie sich als verlaafe,
Dann's Zeighaus iss bei d'r Kasern
Uns gild die Loosung – Zeig verkaafe!"

# Der beese Geischt.

Do seggt m'r, 's geb keen Deiwel mehr;
Dess kann d'r Deiwel glaawe!
Es gibt en beeser Geischt uff Ehr,
Ich wollt, er hätt die Schaawe,
Zwar schwitzt er nit mehr in der Hell,
Unn thut bei uns rumore;
Gar manchem hockt er dick im Fell
Mir hott'r 's a bees g'schore.

Er zwickt eem in die Been, im Kreiz,
Im Buckel unn im Nacke.
Ball sitzt'r rechts, ball linkerseits,
Der Kerl iss nit zu packe.

Trotz Chirurgie unn Medicin
Iss noch keen Mittel g'funne,
Keen Schmiersalb unn a nitt 's Chinin
Verdreibt den beese Kunne,
Unn wißt'r wer d'r Bloggeischt iss,
Der brennt wie gliehende Kohle?
Der Deiwel heeßt jetzt Rhematis –
Autsch, d'r Deiwel soll'n hole!

***Ladenszene in Alt-Mannheim***
*Aus L. Levys Buch „Verschollenes und Neues",*
*1881*

*Ludwig Levy*

# Wie die Alte summe.



Kumm Mutter, geh unn gebb uns Geld
For uff die Mess' zu laafe,
M'r wolle uns als Meßstick do
'N Mandelbolle kaafe.

Geh schenn nit Mutter, kumm dhu nit
Dem siße Zeig so grolle,
D'r Vatter schwärmt for Bolledik
Unn mir for dicke Bolle.

# 'M Herr Mengler sei Badrees.

Nix isses, sag ich Eich, nix! Lauter Klome mit all denne Bäder unn Heilquelle vunn ganz Eiroba! Die Dokter wisse all nix, vum Professer bis zum Balwirer runner. Ich weeß, wie mr's gange iss.

Do hot mich's seit e paar Woche in d'r Seit gedrickt unn mein Fraa loßt m'r keen Ruh, ich muß zum Dokter geh'n. Gut, sag ich, unn bin zu meim Hausfisikus gange unn haww'm mein Umstand geklagt. Do hot'r e halwi Stund lang hin unn her gemacht, hot gfrogt, wieviel Wein ich drinke dhet, wobei ich'n awwer um zwee Schobbe däglich angeloge hab, weil ich Angscht ghatt hab, er verbiet m'r 's Weindrinke ganz, dann hot'r m'r de Puls gefihlt unn dozu mit ferchterlich gelehrtem Gesicht uff die Uhr geguckt unn als emool „Hm" gemacht. Awwer er scheint doch noch nit gewißt zu hawwe, wieviel Uhr 's bei m'r iss, dann ich hab de Rock auszieche misse unn do hot'r m'r mit emme Hemmerle uff de Maage gekloppt, daß m'r 's ganz weckschwach unn bretzelmerb worre iss, dann ich hab' seit'm Kaffe nix im Leib g'hatt. No 's End vum Lied war, dass'r secht: „Sie misse uff Kissinge oder Karlsbad." „Sie hawwe Anlag' zure Lewwerverhärtung!"

Jesses, Maria unn Josef! Wie ich d'r dess gheert hab, do iss m'r die Lewwer bis in die Been gfahre. Ich hab m'r doch glei gedenkt, daß dess Schteche vunn d'r Milz oder vunn d'r Lewwer kummt, dann der Dorscht in d'r letschte Zeit war schunn lang keen nadihrlicher Zuschtand mehr.

No korze Fisch, ich bin heem, nochdem m'r mein Hausfisikus noch g'sacht hot, wass for'n Doktor ich in Kissinge insultire soll, hab zu meiner Fraa g'sacht: Settche, sag ich, ich muß ins Bad, pack m'r de Kuffer, morge geht's fort uff Kissinge. Mein Fraa

*Ludwig Levy*

hott gheilt, als wann ich gekebbt werre sollt. Sei ruhig, Settche, sach ich, Du brauschcht keen Angscht zu hawwe, uff mich schießt Keener in Kissinge, in verzeh Dag, längschtens drei Woche bin ich jo widder do. E Teschtament brauch ich aach nitt ze mache, dann mein Krankheit iss nitt so gfehrlich. Iss die Lewwer hart worre, werre m'r se aach wider weech kriche unn wege 'me zwette Mann brauchscht Dich noch nitt an's internationale Bürro zu wenne.

D'r Abschied war rihrend, dann ich bin in de letschte siwwe Johr nitt mehr ohne mein gelibbte Drache aus Mannem naus kumme. Meiner Fraa ihr Thräne sinn an meim neie Gummiregemantel, denn ich m'r extra for die Rees gekaaft hab, runnergeloffe unn mein ganzi Familie hot uff'm Bahnhof e Jammerkunzert angschtimmt, bis d'r Kunduktehr gerufe hott: „Einschteige"– 'n Piff", fort war ich!

Wann ich Ihne sag, daß ich bis Kissinge fascht ununnerbroche gschlofe hab, do werre se glawe, ich schneid uff, awwer wer mein Schlof kennt, der weeß, was ich dodrin leischte kann.

'S kummt alles vunn dere Lewwerverhärtung!

Wie ich noch Kissinge kumm, war mein erschter Gang noch emme Loschie. Jetz war Holland in Nethe! In demm Hotel, wo ich angfahre bin, do hawwese mich in e Hinnenausschtubb lege wolle, wo ich d'r, weeß Gott, keen vunn meine Gselle hinlege dirft; do hette se mich awwer heere solle. „Wass glaawe Se dann, haw ich gsacht, meene Se vielleicht ich wer vunn Altripp odder vunn Kaperschlomerschem, weil Se m'r dess Loch gewwe wolle?

So losse m'r uns for unser Depper nitt eschtemihre, m'r sinn vunn Mannem, Männche! Cumprennez wu? Oui! Yes!" Demm haww ich's emmol in alle eirobäische Hauptschbroche g'sacht for'n Kreizer, awwer gholfe hot's halt doch nix. Ich bin dann noch zwee bis drei Schtund in Kissinge rumgeloffe unn hab' d'r wie d'r Herr Hampelmann e Loschie gsucht. Zuerscht kumm ich d'r zumme Sattler, der fordert finfezwanzig Mark per Woch for e Schtiwwele, dess hott nooch Ledder geduft unn mit'm Kobb iss m'r an die Deck gschtoße. Dann bin ich zumme Schneider kumme, der hott blos dreißig Mark for e Schtubb gefordert, die denn eenzige Vordheel ghat hott, daß se iwwerahl mit alte Meßbilder vunn alle Fasohne ausdabezirt war unn e reizendi Aussicht uff die Kich mit ihrem Brodefettgeruch ghat hott. Nochher haw ich noch e paar Loschie gsehe, die hette m'r schunn eher gebaßt, wass ich awwer vunn ihr'm Preis durchaus nitt behaupte kann, unn do bin ich halt nowlens coblenz widder in mein alt Kwathier Nummero 185 hinnenaus ins Hotel zu de drei Kreiz zurick.

Mein Zimmer hott sich, wie gsacht, weniger durch innere Eleganz, als durch die Zweckmäßigkeit der eißere Umgewung ausgezeichend. Links newer m'r uff Numero 186 hott's Zimmermedel gelege, 'n alter rother Uffziechlumpe aus d'r Zeit der erschte Kreizzieg, nitt weid d'rvun dess Individibumm, wo unsern eißere Mensch in die nöthig Wix und Bollitur versetzt, Namens Johann, unn vis-à-vis war „Für Herrn". Kenne se sich e scheeneri landschaftlichi Gruppirung denke? Nitt meeglich!

Mein näckschter Gang war zum Doktor. Do war desselwe Bild, wie bei meim Mannemer Hausfisikus, nor in'r e annere Kulöhr. Unn neigierig war'r!

Wass der mich for Sache gfroogt hot! Wie ich leb, wass ich eß, wass ich drink. Awwer nor piffig, m'r sinn aus Mannem. Denn haw ich scheen an-g'schmiert! Do kennt 'n Jeder kumme. Jo, Mopsele! No, 's End vum Lied war, daß'r m'r Alles ver-botte hot. Keen Wein, keen Bier, keen grihne Salat – nix wie vunn demm lumpige Bitterwasser, an-zufange mit 4 Unze unn däglicher Schteigerung bis uff 12 Unze! Do hamm'r die Bscheerung, haw ich m'r gedenkt – scheener hett's gar nitt kumme kenne! Drei Woche keen Wein, keen Bier, selbscht dein Leibgericht nitt, Karmenade mit grihne Salat – Mengler, Mengler, wass iss aus Dir worre, wie dief bischt Du gsunke!

Ich bin ganz kleen vunn meim Dokter fort, der mich eingelade hott, 'n recht ball wider zu b'suche, wass gleichbedeitend war mit erre Erleichterung der Reeßkaß vunn finf Mark. Ich hab m'r glei vum Hausknecht e Drinkglas bsorge losse unn bin sehr frihzeitig, um 9 Uhr, in's Bett. Sage mit Worte um nein Uhr – ich, der ich seit lange Johr gewehnt bin, bis um elfe in's Freie odder in d'r Schlang zu sitze, um mein Quantum Wein oder Bier zu verkun-semire, ich, um nein Uhr, wege so erre miserawle Lewwer in Kissinge im Bett. Wann ich d'r nitt Angscht ghatt hett, wege Ruheschterung aus de drei Kreiz rausgschmisse zu werre, ich hett glei mit m'r selbscht Schbektakel angfange, so ärgerlich war ich d'r. Unn denn Dorscht! Ich hab nitt um die Welt einschloofe kenne.

In meiner Alderation haw ich's halwe Lafor aus-gsoffe, trotzdem bin ich nitt zum Schloofe kumme. Endlich iss m'r 'n guder Gedanke kumme. Ich hab' m'r do aus'm Schpeisesaal e Zeitung mitge-numme, unn habb angfange de sogenannte

Leitartikel in puncto Antisemiterei zu lese, denn haw ich angfange auswendig zu lerne. Ich bin d'r awwer nitt iwwer die erschte zehn Zeile naus kumme, do war ich d'r schunn so schläfrig, daß ich kaum noch 's Licht hab ausbloose kenne. Was ich in seller Nacht alles zammegedraamt hab, dess geht in keen Felleise. De Ritter Essig haw ich gsehe als Sultan vunn de Derke, wie'r 's Fescht vunn d'r Schwertumgürtung gfeiert hott.

Die Reitgert hott'r in de große Wasserschdiffel schdecke ghat unn sein gehle Frack hot'r anghatt, unn wie sem de derkische Kaiserfez uffeme Sammetkisse hawwe iwwerreiche wolle, do hott'r mit angeborener Grandezza, wie als friher d'r Schlösser in d'r Stumme vunn Portorico als Musjenello mit d'r rechte Hand abgewunke, unn hott sein Eeschtreicher Kapp vumm Schwenzki an's Maul gedrickt, als gotterschprich: Bosse! Do draus mache m'r uns nix mit unsere Summerhosse.

Hinnerm hott aach der Schnuti-Pascha gschtanne unn newedran der dapfere Abdul Kehrum.
Wie mich d'r Schnuti gsehe hott, kreischt'r „Hurra 'n Mannemer! Do meecht m'r jo aus d'r Haut fahre, wann ich nor wißt, wo ich se dann glei verkaafe kennt!" M'r sinn uff d'r Schtell een petze gange. Ich hab'n Dorscht ghat wie'n Wallfusch unn hab d'r grad so'n scheene große Zug dhun wolle, do fangt's newe m'r uff Nummero 184 an zu huschte, daß ich gemeent hab, 's werd Feier gedrummelt.
Ich bin aussem Schlof uffgfahre unn hab d'r 'n Zorn g'hatt, der war grad so groß, wie mein Dorscht.

Herrgott, Gewitterkeil! sag ich, hott dann dess Kameel do newe nitt waarte kenne, bis ich eenmol wenigschens gedrunke g'hatt hett? Ich hab d'r nitt mehr einschlofe kenne, dann der Kerl hot immer fort g'huscht. E scheeni Gegend, denk ich; wann d'r deß drei Woche jedi Nacht so fort geht, kanns gut werre. Endlich isses Dag worre, unn ich bin mit meim Glas an de Brunne gange und hab nooch'm Doktor seiner Weisung mit vier Glesser angfange.

Jesses, ich hab gemeent, ich schluck d'r Vitriol, so hot'r dess Zeig gschmeckt. Schunn beim dritte Glas haw ich an die Iwwergab vunn Montenegro geglaabt, so iwwel iss mr's worre, awwer mit meiner angeborene Mannemer Zähigkeit haww ich m'r gsacht: Nunner muscht und wann's Kobierdinte wär! Ich hab d'r aach die vier Glesser nunnergeworcht, bis mr's ganz grin unn gehl vor der Aage worre is.

E scheeni Aussicht denk ich, wie werd dess erscht werre, bei der schteigende Tendenz, wie se an d'r Bers sage, morge finfe, iwwermorge sechse unn so weiter bis zu zwelf Glesser!
Heiliger Rakozzi schteh m'r bei!

'S iss awwer noch scheener kumme. Morgens haww ich m'r mit dem niederträchtige Wasser de Maage verkihlt unn middags haw ich m'r dann an d'r Daweldot 's Maul verbrennt awwer nitt an d'r Supp.

Dess war nehmlich so. Newe m'r sitzt 'n alder, sehr freindlicher Mann, mit so kleene Blintzelaage, glatt rasirt unn im Knobbloch hot'r e Ordensbendelche ghatt. Ich haww'n for'n russische Diplomat ghalte, dann'r hott so wass Auslendisches an sich ghatt.

Demm werscht emol glei uff de Zahn fihle, haw ich gedenkt, unn fang an mit meim Nochber links

iwwer die orientalisch Frog zu dischkerire. Unn do hott der rechts uffgebaßt wie'n Hechelmacher, unn hott m'r als, wann ich iwwer die verrott unn verbummelt Derkewertschaft gschennt unn gsagt hab: „Niwwer gheere se, nix wie niwwer noch Asie," freindlich zugenickt. Soviel hott bei m'r fescht-gschtanne, 's is 'n Diplomat, denn muscht kenne lerne. Unn richtig, beim dritte Gang, zwische'm Roßbeff unn emme Kalbskobb in d'r Tortur, hott sich 'n Anknipfungspunkt g'funne. Er hott nemlich gsacht: „Ach, wolle se nitt so gut sein, unn wolle m'r 'n Zahnschtocher gewwe?" Dess war gebroche Deitsch, awwer ich hab nitt glei gewißt, wo ich's hindhun soll. „Mit avec Blesier," sag ich unn hab m'r glei e Herz gfaßt unn hab gfrogt: „Mit Exkühs entschuldigen se, sinn d'r Herr schunn lang hier?"
„Seit verzeh Dag," secht'r.
„Unn wie gfallts Ihne hier?" sag ich.
„Gut," secht'r, „unn wie gfallt's Ihne?"

„No, sag ich, „ich bin erscht een Dag hier. 'S gfallt m'r so weit ganz gut hier, nor mein Schtubb gfallt m'r nitt, zwanzig Mark die Woch unn nitt emool e Kanepee unn'n Disch drin. Wann ich e paar Zeile schreiwe will, muß ich erscht's Lafor uff de Boddem schtelle, unn muß uff'm Weschdisch schreiwe. Unn heit hott Eener newer meiner Schdubb die ganz Nacht so ghuscht, daß ich gemeent hab, sein Lungeflichel käme per Extraposcht durch die Wand zu m'r riwwer gfloge. Der lebt aach keen sechs Woche mehr!

„So", secht'r, „wo wohne Sie dann?"
„Ei uff Nummero 185". Do werd mein Diplomat ganz blaß unn secht: „Ei, do bin ich jo der Eigethümer vunn dem Huschte, ich wohn uff Nummero 184."
Ich dank Ihne aach for Ihr freindlichi Prophezeiung."

Gewitterkeil nochemol, dess heeßt m're mol in e Weffzenescht gschtoche, haw ich d'r gedenkt unn hab mich exkisirt so gut's 'gange iss. Ich hab so was gsacht, 's kennt sein, daß ich mich im Schlof geerrt hett unn daß d'r Huschte, wo annerscht her kumme sei; 's kennt iwwerhaupt so'n kleener Familiehuschte sein, der hett jo gar nix zu bedeite – der wehr manchmol ganz gsund – awwer dess hot nitt viel gholfe; der Karrich war emol in's Gewerr gfahre unn meim Diplomat war aller Abbedit zum Esse unn nooch meiner Unnerhaltung vergange. Er iss immer wortkarger worre unn schließlich hot'r keen Wort mehr geredt. Am annere Dag hot'r am e ganz annere Disch gsotze.

E paar Dag schpäter haw ich erschd erfahre wer 'r war. Krich die Krenk, Diplomat! Jo, en Schneider war's aus'm Kurhessische, wo im Johr 1870 aach aus Sanitätsgrinde 's Schpitalbendelche kricht hott.

Wass in de Bäder iwwerhaabt for Personal-Verwechslunge vorkumme, dess grenzt schunn mehr an's Roccolicofarbige, weil ewe Jeder e groß Dhier sein will.

Do begegend m'r emool uff d'r Bromenad e Fraa mit emme blooe Zwicker uff d'r Nas, erre Schlepp vunn acht Kubikmeter Läng unn erre weiße Fedder uff'm Hut. Ich halt se vunn Weitem for e Dam aus d'r hechschte baierische Arischtokratie, vunn wege dem blooe Zwicker unn d'r weiße Fedder. Jawohlche, morge backe m'r! Wie se näher kummt – wer war's? – Strof mich Gott, die Dubsmaijern vumm Jungbusch. Ihr Vadder war Nachtwächter unn ihr Mudder engros Händlern vunn pälzer Siedfrichte, in's Mannermerische iwwersetzt, sie war Hocklern. Dich soll e Krodd petze.

Schpielt sich do uff! Ich weeß noch, wie se als Meedele e halb Loth Kaffee unn forn Doppel Zichorieh beim Bommerich gholt hot.

'S iss m'r awwer e paar Mool so gange. 'N Ehlereiter aus Meenz haw ich for'n Rittergutsbesitzer aus Mekleburg ghalte, e Butzmachern aus Frankfort, wege ihr'm juchteledderne Gsicht for e russischi Gräfin unn de Bediente vumme Graf aus Kurland for de Graf selwer. Ann Bekanntschafte, wo m'r macht fehlts iwwerhaabt nit in de Bäder, dess heeßt solide, keen Dechdelmechdel.

Ich war kaum zwee Däg in Kissinge do haw ich Jeden unn Jeder hot de Mengler gekennt. – Sied- unn Norddeitsche, Englenner unn Franzose, Pole unn Derke, all hawwese mit m'r verkehrt – korz ich bin so e Art internationales Schtick Mewel worre, unn wann ich mit meim blooe Rock unn meine nankingene Hosse uff' d'r Bromenad erschiene bin, do war ich der liewe Herr Mengler hinne unn vorne.

'S ware komische Heilige unner denne Kissinger Kurgäscht, Mensche mit Schwäche unn Gebreche, oftmols zum Dodlache. Do war per Exempel e ausgetragener Hypochonder aus'm Nassauische. Der war nitt g'sund, wann 'r nitt jeden Dag krank war. Sein hauptfixe Idee war'n verdorwener Mage, verbunne mit Apetittmangel, dabei hott'r e Kling gschlage wie die bescht Solinger Messerfawrik. Der arme Mann! Kaum hott'r Morgens de Kaffee unn um zehne die Fleschbrih verkunsemirt g'hatt, do iss sein eingebilder verdorwener Mage widder als Schreckgeschpenst vor'm Mittagesse vor'm g'schdanne, dess wo 'r iwrigens nooch meiner Ansicht mit großer Unverdorwenheit absolvirt hott.

Sein erschter Seifzer beim letschde Bisse war: „Ach Gott, jetzt will ich e Mol sehe, wie mir's heut Abend schmeckt!" – E anneri Brachtausgab vumme Hypochonder war e Buchhändler aus'm Hessische. Sein schtark gerethes wohlgenehrtes G'sicht war die passendschte Illuschtration zu d'r schtark vermehrte Ausgab seiner Persenlichkeit. Der hessiche Brockhaus war awer noch viel ängschtlicher wie 'r dick war. Amme scheene Owend lad 'r mich zumme Schbarzirgang ein, bitt mich awer finf Minutte zu waarte biss 'r sein Ziehmichiwwer in seiner Wohnung g'holt hätt. Wer nitt kummt unn loßt mich annerthalb Schtund waarte, war mein ängschtlichi Verlagsbuchhandlung.

Am annere Morgen frog ich 'n am Brunne, wo'r eigentlich geschtern Owend gebliwwe wär. D'ruff secht'r mit 're Armesindermien, als wann 'r gekeppt werre sollt. „Seh'n se Herr Mengler, dess war so. Wie ich aus meiner Schdubb widder runter auff die Gass gekomme bin, war mir's in mei'm Balldo zu warm, drauff hab ich'n ausgezoge, und da isses mir zu kihl geworde. Dann wußt ich nitt mehr, wie ich eigentlich geh'n sollt, mit oder ohne Balldo, ging wieder retur, hab mich um 8 Uhr in's Bett gelegt und denken Se, hab die ganze Nacht von eme scheußliche Katarrh geträumt, den ich mir gestern Abend, beim Schpaziregehn ohne Balldo g'holt hätt." Do hawe m'rs! Wann der Mensch Bech hott, verkält 'r sich im Bett unn wann'r e halb Duzend Deckbetter uff sich hott! Viel hott m'r a e Klavierlehrern, Wedderpropheten und Hühneraagebesitzern aus Wissbade unn e Frankforter Bankier zu schaffe gemacht; die erscht hott immer ihr Hihneraage bewunnert hawe wolle, uff welle se sehr stolz war, weil se nitt selde Morgens richtig Regewetter for de Dag prophezeit hott unn unserm Bankier scheint emol e iwwerzwerg Bersedellegramm in die Nas g'fahre zu sei, dann sei b'schtändiges Lamendo war sein Geruchswerkzeig." „Was schteh' ich aus mit der Nas," „was dhut mir die Nas an," „ich möcht m'r g'rad die Nas rausreiße," so iss's bei unserm Schdockschnuppebesitzer in alle erdenkliche Nasaltonarte, wo m'r 'm begegend iss, fortgange, biss ich emol zu'm gsacht habb: Ja, was duhn Sie dann a hier? Soll dann a Kissinge for verschtobbte Nase gut sei? Sie kehre in'e Luftkurort, also nix wie hier – an die Luft gsetzt!"

Vunn dere Schtund an, hab ich nix mehr vunn dem Börse- un Nasematador gheert. – Ach Gott, do redd ich als vunn annere Leit unn mit meiner Kur isses jeden Dag schlechter gange. Dess verdammte Wasser hott mich schrecklich uff de Hund gebrocht, unn ausgsehe haw ich wie'n oschtbreißischer Dorfschullehrer am 29. vumm Monat, wo m'r durch sei Backe die feinscht Druckschrift lese kann.

Ich bin mit meiner Kur soweit kumme, daß m'rs bang worre iss wann d'r Dag gegraut, unn die Brunnezeit kumme is. Ich hab e Angschd vor dem Lumpewasser kricht, wie d'r Meeschder vor'm Zahldag. Bis uff acht Glesser pro Dag hab ich's gebrocht, dann is d'r entscheidende Monument – deß heeßt die Krisis – eingetrete, ich bin vunn der Bromenad nor noch so heemgedorkelt, schunn halwer driwe im bessre Land der Verheeßung, wo's keen Mannemer unn keen Kissinger Wasser gibt. Ich bin dodtschterweskrank worre, der Doktor iss kumme unn do hott sich die unglickseelig Bitterwassergschicht im Laaf vunn unsrer Unnerhaltung derart uffgeklärt, daß ich statt so unn soviel Unze, jeden Dag so unn so viel Glesser gedrunke hab, also jeden Dag vielleicht e halwi Gießkann voll mehr, als 'r m'r verordent hott. Ich hab zwar lang mit'm rumgemacht, er hett vunn Unze nix geredd, er dogege hott m'r die Gleßer wegdischpetirt unn secht schließlich: „Danke Se Gott, daß Sie e Gäulsnadur hawwe, e gewehnlicher Mensch wär vunn der Kur geliffert worre." – Er hott m'r wass verschriwe un iss fort. Ich awer hab, wie m'rs e bissel leichter worre iss, gedenkt: krich die Krenk Offebach. Keen Droppe Medizin kummt d'r mehr durch die Gorgel unn vunn dem Deiwelswasser erscht recht keener. Jetzt browirscht's emool mit deim alte Rezept, jetzt gehscht emol uff die Lewwer per Rothwein los.

Unn soll mer sage wass e Sach iss? Bei der dritt Budell Saint Julien haw ich schunn e ganz annri Wirkung verschpiert wie beim verzigschde Glas Bitterwasser. Drum haw ich an emme scheene Dag mein siwwe Sache zammegepackt unn hab ausgerufe: Leb wohl Kissinge, hab mich uff die Bahn ghockt unn bin direkt de Rhein nunner noch Rüdesheim, do haw ich mich im „Traube" eingekneipt, hab mich unnerhalte wie'n Gott, habb gesse unn gedrunke, was m'r gschmeckt hott unn heit bin ich gsund wie'n Fisch im Wasser. Drum sag ich Eich, Freindcher seid wasserschei, bleibt'm Bachus trei. Die Docter wisse all nix, vumm Professer bis runner zum Balwirer.

***Herr Mengler nimmt Abschied von seiner Familie am ehemaligen Tattersall-Bahnhof in Mannheim.***
*Aus L. Levys Buch „Verschollenes und Neues“, 1881*

# D'r Fräule Eugenie Pappenheim

**bei ihr'm Abschied vunn d'r Mannemer Bihn, am 4. Septbr. 1873.**

64 • 65 Weil d'r blasse Gascht, 's Geld
halt emol regiert die Welt
Unn bei uns nitt viel vorhande,
Loschd im Stisch uns, liewi Dande.

Loschd im Stisch uns, liewi Dande,
Kumité unn Musikante,
Ach wie is 's Herz uns schwer,
So wie Du kummt keeni mehr!

Sangscht des „Gretche", ach so blond,
Mit Dei'm Silber-Stimmefond,
Unn d'r „Elsa" Liewesklage
War so scheen, 's is nitt zu sage!

Aach die „Norma" mit „die Kinder"
Fesselte bei Gott nitt minder
Wie die schwarze Selika,
Dande, Dande, wärsch'd noch da!

Weil deß awer nitt kann sei,
Leb' recht wohl zu Köln am Rhei,
Sie hawe Dich zwar laafe losse,
Doch hammer Dich in's Herz nei g'schlosse.

Unn sollsch'de schbäter Luschd verschbire
In Mannem widder zu gaschdire,
Liewi Dande, kumm norr bei,
Unser Geld iss aach kee Blei!

# Feschtgruß

**aus'm Olymp vunn d'r Herrmännin, ihrem Freind Schlösser dargebrocht bei sei'm 25jährigen Juwiläum am 19. April 1876 uff d'r Mannemer Bihn.**

Vum hoche Olymp herab, mein liewer guter
Schlösser,
Schick ich d'r heit zum Juwelfescht mein Gruß!
Dhät ich d'r noch in Mannem hocke, im Leeschl,
mit d'r Dus,
Unn mit'm Obergucker bewaffent – dess freilich wär
noch besser.
En Kranz dhät ich d'r schmeiße heit, zu Deiner
Juwelfeier,
En Kranz, wie'n alter Blankebaam, so groß,
Un batsche dhät ich am Brett, als wär d'r Deiwl
drowe los,
Un kreische: Schlösser, Nix wie raus! – Un helfe
mißt mer's Karlche Maier.
Am annere Dag, wann die Gratlante un Bräsender
kumme,
Dhät ich d'r dann, als kleenes Freindschaftszeeche,
E Kerwl Bergamott bringe, weescht, vun denne
scheene, weeche,
Un ich weeß im Voraus, Du häscht se vun mer
angenumme.

Himmeldunnerwetter, was schwetz ich do for e iwererdisch Blech zamme un aach noch in Vers. Siehch, alter Freind, so kann ma werre, wann ma im Olymp hockt, un nix wie Necktar un Ambrosia zu schlucke kricht. Un trotzalldemm, – ich kann d'r gar nit sage, was ich d'r for e Verlange noch Mannem hab. Ich meegt wisse, wie's jetzt uff'm Mark aussiecht, wie viel Niß jetzt for e Kreizer gewe werre, un – wer jetzt uff meim angebunnene Schtuhl im Leeschl uff'm Juchhee im Thiater sitzt, un vor allem megt ich Dich, Dicker, widder emol singe heere. Hoscht dann als Musjenello noch so die Hemdärml nuffg'scherzt? Jesses, wann ich an die Aerm denk. Un an dess hoche C im Schlummerlied. Keens vun denne Fistel-C, sondern fescht vun d'r Bruscht weg!

– Halt emool! Wie lang iss'es dann jetzt, daß ich Dich nit mehr g'sehe hab? 's iss lang her! Richtig, 's letschtemool war's, wie'd an meim Schtand uff'm Mark g'schtanne hoscht, wie d'r die Iwerrheiner Gäschtin zwee Dhaler for e mager Gänsl g'foddert hott!

Weescht noch? Ich hab'r 's awer g'sagt for'n Kreizer mit de rothe Hoor. Am selwige Oowend war d'r Fra Diawolo. In dem haw ich dich 's letschtemool g'heert! En Gascht, es iss mer noch wie heit, hot de Lorenzo g'sunge. Awer wie? Ich hätt'm die Dus uff's Maul schmeiße meege. Herngege Du! Ich vergess'es meiner Lebdag nit. Jaso! Ich bin jo dod! – Es werd bei uns dohowe zwar aach recht hibsch musizirt – Sphäreharmonie-Musik heeße se's – es iss e ganz anneri Sort, als'm Wagner seini, awer wann die Herre Engl un alle himmlische Heerschaare noch so scheen singe und bloose, do sag ich halt immer: 's iss halt doch ke Stimm, wie'm Schlösser seini dabei. Ihr singt do howe recht hoch, awer der drunne singt noch heecher! – Mein Mitengel heeße mich dernderwege aach norr die eing'fleescht Mannemern, un kenne's gar nit begreife, wie ma, wann ma emool im Olymp hockt, noch immer Verlange nooch dem langweilige Mannem hawe kann. – Ja, liewer Schlösser! Ich hab orndlich Heemweh nooch Mannem un nooch allem was d'rin krawwlt un zawwlt! Ich hab aach schunn e paar mool mein Sehnsucht nooch Mannem laut werre losse, awer do verdreescht eem d'r Erzengl Gabriel – en Verwandter vum Grienebaam – immer uff de jingschte Dag! Jo, do kann ich noch e Weil warte. Geschtern, per Exempl, frog ich de alte Rothschild, wie'r an mer verbeifliegt: Sage Se emool, himmlischer Baron, was halte Sie vum jingschte Dag?

– Seggt'r: wie kann ma, wann ma vun Mannem iss, un im Leewe, wie Sie, Oobschtschbekulantin en gros war, bei denne Kurse aweil an e Ufferschtehung denke! – Wuppdich, fort war'er! Nooch dem seiner Ansicht bleibt alles vor d'r Hand noch leihe, un mei Gedanke an e deemnächscht bevorschtehende Tendenzwechsl in de heehere Regione haw ich uff e Weil widder uffgewe. Mir bleiwe also noch all unne, dess heeßt: owe! Dernderwege, mein liewer Schlösser, schick ich d'r heit als verflosseni alti Theaterfreindin, uff dem nit mehr ungewehnliche Juwileumsweg, mein Gruß zum Feschtdag!

Ja, liewer Schlösser, Du bischt werklich en Sänger vun Gottesgnade! Dann es iss doch gewiß e Gnad Gottes, wann ma nooch 25 Johr noch en Bruschtkaschte hott, wie Du! Finfezwanzig Johr! Was kann do nit Alles bassire! D'r scheenschte Verwaltungsrooth kann in der Zeit Sitz un Schtimm verliere! Wie manchem iss dess schunn arriwirt. Du herngege hoscht dein Schtimm besser verwalt, un was dein Sitz anbelangt, so kannscht dich, wann'd als eemool im Theater zugucke willscht, ganz unschennirt in's Badeer hinne nein schtelle; 's Theaterkumittee hott nix dergege! – Ferner kann nooch 25 Johr die bescht Firma vun d'r Welt umschmeiße. Umschmeiße kann zwar aach emool en Kinschtler ohne Actie, per Exempl e Arie odder en ganze Act; in d'r Regel kummt awer dann d'r Kapellemeeschter miteme Accord unn 's gibt widder e rasches un zufriedeschtellendes Arranschement. – Ja, Schlösserche, in 25 Johr kenne Zeeche un Wunner g'schehe – In 25 Johr kann sogar, wer's glaabt, e Wasser leitung gegrawe sein. In 25 Johr kann d'r Mannemer Anzeiger officielles Organ d'r deitsche Rebublik sein – oder vielleicht aach nit! Mit eem Wort, in 25 Johr kann sich viel ennere!

Dernderwege free Dich, Schlösser, wie ich mich heit free, daß de noch d'r Alte bischt! Wenigschtens for jeden alte Mannemer. Wann aach die Junge widder mehr an de Junge henke – lossen Luft!

Un was ich noch sage wollt: Loß mich doch dohowe nix mehr vun Pensionsg'such heere!

Sing norr ruhig weiter,
Wann aach nit so oft,
Unn's Glick sei dein Begleiter –
Dess winscht d'r heit un hofft

Dein aldi Theaterfreindin Hermännin.
(Der Zeit im Olymp)
E Gruß un e Kuß vun d'r Rodiusin.

***Auf dem „Olymp",***
***4. Rang des Mannheimer Nationaltheaters***
*Aus L. Levys Buch „Verschollenes und Neues",*
*1881*

Ludwig Levy

***Hermann Waldeck***
*1854–1922*

*Was deß aweil forr Zuschtänd sinn,*
*Verhupse möcht mer grad .*

Hermann Waldeck

*Hermann Waldeck*

# Deß is jetz nit mehr Mode!

'S is alleweil e kom'schi Zeit,
'S is Alles annerscht worre,
Unn unsereens, die äldre Leit,
Mir misse schtaune norre, –

Ich kumm mer däglich mehr unn mehr
Vor, wie'n richd'ger Schode,
'S heeßt iweraal wohin ich heer:
„Deß is jetz nit mehr Mode!"

Unn's is aach wohr, unn's is aach so
Kann mer's aach nit begreife,
'S sinn lauter neie Sache do,
Die alde gehne schleife,

Die Kinner werre ausgebriet
In Oeffe jetz nooch Note, –
Daß mer de Kinner Schluzer biet,
Deß is jetz nit mehr Mode!

Die Dodegräwer laafe rum
Unn gucke arg verdrosse
Sich schunn nooch ann're Poschte um,
Weil ball die Kerchhöf g'schlosse, –

Dann alleweil, weil's g'sinder wär,
Verbrennt mer jo die Dode, –
Begrawe werd ball Keener mehr,
Deß is jetz nit mehr Mode!

Die Fieß sinn schunn'n Luxus jo
Unn dhun zu nix mehr dauge,
Vereenzelt dhun se hie unn do
Die Leit jetz norr noch brauche, –

*Hermann Waldeck*

Uff Räder fahrt die ganze Welt,
Wer laaft, kricht's ball verbote, –
Dann, daß mer uff sein Fieß sich schdellt,
Deß is jetz nit mehr Mode!

Wer Geld hott is'n g'scheidter Mann,
Derf sich an Jedem reiwe,
Unn wann'r aach noch nit 'mool kann
Sein Name richdig schreiwe, –

Doch daß for Geischt un for Verschtand
Alleen, – Reschbekt gebote, –
Aach wann keen Bims d'rbei zur Hand,
Deß is jetz nit mehr Mode!

Zufridd'ne Berger gibt's nit mehr,
Deß guckt mer bei de Wahle,
Wo's kloor sich ausdrickt in demm Meer
Vunn z'sammeg'schdellte Zahle, –

Wann mer die Wählerschtimme zählt,
Sinn's beinoh lauter rothe, –
Dann, daß mer schtaatserhaltend wählt,
Deß is jetz nit mehr Mode!

Die Buwe sinn mit dreizehn Johr
In Meedle schunn verschosse,
Die Meedle hawe Simbelhoor
Unn fahre Rad in Hosse,

Schtudire Dokter wie verrickt, –
Daß eeni macht'n Brote
Unn Kaffee kocht, unn Schtrimp anschtrickt, –
Des is jetz nit mehr Mode!

Unn geht mer in's Theater heit
Unn guckt die neie Sache,
Meecht aus'm Schtaab mer sich bei Zeit
Am liebschte widder mache, –

Dann ewe, die Theaterschtick, –
Die wimmle norr vunn Zode, –
Was feines, deß hott gar keen Glick,
Deß is jetz nit mehr Mode!

Unn was mer denkt, deß seggt mer nit
Wie frieher laut unn ehrlich,
Dann heitzudag is so'n Schritt
Gar manchesmool sehr g'fährlich, –

Sein wohri Ansicht schluckt mer scheen,
Verbrennt sich nit die Pote, –
Sein Maul schbazire losse gehn,
Deß is jetz nit mehr Mode!

Unn wann mer troztzdemm doch 'mool brummt
Unn will demm Unfug wehre
Unn 'mool so recht in's deiwle kummt
Unn loßt sich deitlich heere,

Dann seggt aach noch e Jedes glei:
„Halt's Maul Du alder Schode,
Heer uff mit deiner Kreischerei,
Deß is jetz nit mehr Mode!"

*Hermann Waldeck*

***Es geht aufwärts mit Mannheim.***
***Das 300-jährige Stadtjubiläum wird gefeiert.***

# Einscht unn jetz

Mannem, was aus dir iß worre
'S kummt eem beinoh schbannisch vor,
Dich bedrachte muß mer norre
Jetz, wo du dreihunnert Johr,
Ohne daß du bischt verroscht,
Uff deim pälz'sche Buckel hoscht. –

Warscht quadratisch, – Gras gewachse
Zwische deine Plaschterschteen
Iß's ganz Johr, – 's Krottegwackse
In de Sümpf war aach nit scheen.
Warscht e Nescht, – hoscht dreißigdaußend
Leit in deine Maure g'hatt
Allerheekschdens als, – unn lang noch
Aach'n Grawe um die Schtadt.

Herrgott, hott der als geroche
Wammer driwwer gange sinn,
Alde Lumbe, Häffe, Knoche,
Unn aach – Schneider ware drinn.
Unn um's Schtädtel rummzurenne
Hott gebraucht mer lang keen Schtund,

Heit, unn wann se noch so schenne,
Heit bischt elegand unn – rund.
Hoscht e Ringschtrooß, unn keen Planke
Unn keen Hasegrawe mehr,
Hoscht e Volksbad, – in Gedanke, –
Unn e ries'ges Häusermeer.

Unn uff Asphalt dhun mer wandle
Wie die Ferschte, schtolz unn froh,
Unn's gibt gar keen Schtrooßekandle,
Unn keen Pütze sinn mehr do.
Uff dr Gass' keen Scheereschleifer
Schleeft wie frieher mehr e Scheer,

*Hermann Waldeck*

's gibt keen Dudelsackepeifer,
Unn's gibt aach keen – Jugend mehr! –
Jugend gibt's, – unn mehr wie frieher,
's wusselt norr so um eem rumm,
Awwer 's iß nit deß Gewieher
Mehr beim kleene Publikum,
Bei der große Kinnerschaar,
Wie's im alde Mannem war. –

Jugend gibt's, – unn Schulpaläschte
Wo mer hinguckt, alle Ritt,
Awwer Jugend, richdge, echde,
So wie frieher, deß gibt's nit. –

Mann'mer Kinner zum Exembel
So wie die vorr fuffzig Johr,
Uffgedrickt de pälzer Schtempel,
So was kummt heit nit mehr vor. –

Geesels schmeiße, Äppel schtrenze,
Butschenellekaschteschbäß,
Unn for die, die Schule schwänze,
Welle Kinner dhun dann deß? –
Hancher-Räuwer in de Schtroße
Unn dozu Fuchs aus'm Loch
Schbiele, unn mit Blosrohr blose,
Welle Kinner dhun deß noch? –

Bense binne scheen mit Fade
Zu're Schaukel ganz famos,
Uff 'me alde Kellerlade
Dann verkaafe uff d'r Schtrooß
Gege Schbelle oder Feddre,
Odder schtrolche uff d'r Meß,
Unn noch dausend scheenre, nett're
Lumbeschtreech, wo gibt's dann deß? –

Uff de alde Kandle glenne,
Dreimol um's Quadrat rummrenne,
Sich bei'm Herzmann Glittschuh kaafe,
Uff dr Gaß dann uff'n laafe,
Unn Mardineweiwel schbiele
Mit 'me Nachthemm iwwerm Kopp,

Odder forr'n Hosseknopp
Zwee Schtund uff'm Schbeicher schdehe
Unn do drowwe zauwre sehe,
Odder richd'ge Schlachte schlage,
Trotz 'm hungerige Mage,
Uff 'm Schulhof in dr Paus,
Dodermit, do iß's aus. –

Alleweil gibt's annre Bosse,
Awwer lang nit mehr so scheen,
Alleweil, in weiße Hosse,
Heeßt's zum Tennisschbiele gehn,
Alleweil, wer schbielt noch Klicker
So wie frieher uff dr Gaß? –
Unn an Oschtre Eierpicker
Gibt's nit bei dr heit'ge Raß.

Alleweil do hockt uff Räder
Jedes Kind unn kreischt Allheil,
Unn dr Michel unn dr Peter
Schbiele Fußball alleweil.
Alleweil do sinn die Kinner
Viel zu gscheidt schunn unn zu brav,
Is dr Vadder Berschtebinner,
Knipst dr Bu schunn Fotegraf,

Alleweil do hupst keen Mädel
Uff dr Gaß wie frieher Seel,
Awwer selbscht die dummschte Gretel,
Jeder Krutze moolt in Öl.

*Hermann Waldeck*

Alleweil im groBe Mannem,
Hunnertsiewezigdausend sinn
In de Juwiläumszeide
Leit in seine Maure drinn,
Iß e ganzes annres Wese
Jedes Medel, jeder Bu,

Unn's geht wo mer Großschtadt heeße
Nit mehr so gemietlich zu.
Unn wann aach die Häuser scheener
Unn die Schtrooße groß unn weit,
Wie deß Mannem war noch kleener
Deß war doch e scheeni Zeid. –

Awwer's sinn aach scheene Zeide,
Die wo alleweil sinn do,
Unn deß Mannem dhut beneide
Ringsum jetz e Jedes jo.
Unn so muß 's immer bleiwe,
Unn so muß' s immer gehn,
Eener muß de Annre dreiwe,
Dann 's gilt niemols schdill zu schdehn.

Unn iß aach die heidig Jugend
Nit mehr wie vorr lange Johr,
Daß deß Mannem jetz unn schbäter
Als noch nuffschdeigt uff dr Leeter,
Do sorgt se gewiß derfor.

# D'r Mannemer Knigge.

'N junger, elegander Mann,
Wie dutzendweis mer gucke kann
Se alleweil – grien, wie e Zwiwwel,
E Reckel an, unn geele Schtiwwel, –

Die Hosse, eng als wie nit g'scheidt,
Die Been, krumm wie die Bäckersleit,
E schwarzi Leibbind um de Bauch,
E Schteckel, wie'n Schbritzeschlauch
So dick, im Arm, – e Hemm am Leib,
So rothgeel wie die Sunnescheib', –
Dobei 'n kleener Worm, 'n dicker, –
Unn uff d'r Nas' 'n gold'ne Zwicker, –
'n Kerl halt, wie zum Schtutzer g'schdembelt, –
Denn hott, per Zufall, angerembelt
'n Arweitsmann, nit grad sehr zart. –

'n Ries' war's, mit'me große Bart,
Der schtruwlig war, unn feierroth. –
Unn ang'hatt hott'r, ganz kummod,
'n blooe Kittel norr, aus Leine, –
Unn e paar ganze exdrafeine,
Bequeme Hosse, aus'me Duch,
Vunn demm, wo mer schunn grad genug,
Sich forr e Markschtick kaafe kann. –

Korzum, 's war halt der ganze Mann,
Mit seiner Kapp', halb uff Krakehl,
Deß ausg'schbrochne Gegedheel
Vunn demm, denn wo'r bissel g'schtoße. –
Händ hott'r g'hatt, ganz riesegroße, –
Grad', als wie g'schaffe druffzuhaue, –
So daß, in so zwee kräft'ge Klaue
Zu kumme, grad vunn ung'fähr, –
Nix Angenehm's gewese wär! –

*Hermann Waldeck*

Unn doch, schtatt ruhig einzuschdecke,
Denn Schtumber, – dhut sich aach noch schtrecke,
Der zeidgemäß gebutzte Schlackel,
Als wann'r hawwe wollt Schbektakel. –
Schtatt fortzulaafe, bleibt'r schdehe. –
Dhut sich, ganz grien, sein Gegner b'sehe, –
Wie wann'r zu'm sage dhät:
„Wann du mer jetz jo dhätscht nit leed,
Krägscht eeni uff die Ohre g'schlage!" –

Do, – ganz bomadisch, – heert mer sage
Denn Annere: „Du dummer Bu,
Du Latteg'schdell, was willscht dann du?"
„Ich sag d'r norre, krummes Schoof,
Wann'd g'scheidt bischt, eh de krigscht dein Schtroof,
Gehscht bleede, iwwel odder wohl, –
Sunscht hau ich d'r, wann'd nochemool
So scheel, do uff mich riwwer siehkscht, –
Eens uff die Schnut, daß'd Blattfieß krigscht."

# E moderni Wohnung.

Eingang dunkel, – zwee Portiere,
Muschter, roth unn grien unn geel,
Uff de Dreppe Deppich, schwere,
An dr Wand e seidnes Seel,

Uff'm Vorblatz e Gebambel,
Farw'ges Glas unn drinn e Licht,
So e Art vunn ew'ger Ambel,
Weil mer aach am Dag nix sicht.

Vorblatzmeewel, – lauder Schnörkel,
Schebbe Bänk unn krumme Schtühl,
Nix wie Windunge unn Zerkel,
Sogenannder Jugendschtiel.

Verzehn Schtuwwe, – lauder Löcher,
Allmitnanner eng unn kleen,
An de Wänd dhun Deller, Becher
Rings vunn alle Sorde schdehn.

Weiße Decke, – unn Dabede,
Breete Schtreefe, lauder Schtrich,
Rothe Fenschter, blooe Läde,
Meewel aus verschoss'nem Blüsch,

Kannebee's, wo druff zu sitze
Iß ganz ferchderlich reskirt,
Unn mit Bänder, Blumme, Schbitze
Iß dr kleenschte Fleck drabirt.

Schränk voll borzellan'ne Bobbe,
Iwweraal ellekdrisch Licht,
Schtühl wo mer nit kann druff hocke,
Ohne daß mer Kreizweh kricht.

Unn mit aldem Kroom unn Trümmer
Jedi Eck bis nuff noch g'fillt,
Mindeschdens in jedem Zimmer
Een gemooltes Gobleenbild.

*Hermann Waldeck*

Iwweraal e Schbeisezimmer,
Wo, weil's Mode, mer so heißt,
Awwer in demm nit'n Schimmer
Vunn de Hausleit je drinn schbeist.

Herrezimmer und Salöner,
Buddwars, drinn e Meißner Grupp,
Unn aus Brons so'n Athener, –
Weißlackirdi Kinnerschtubb.

Iwweraal e feini Bimmel,
An de Lüster iwwer'm Disch,
In dr Schloofschtubb iß'n Himmel
Unn e Biffee in dr Kich.

An de Fenschter geeli Seide,
Kleene Vorhäng, halwi Höh,
Noochher driwwer große, breite,
Blietheweiß wie frischer Schnee,

Iwwer denne widder rothe,
Wo aus purem Sammet sinn,
Unn dodruff, als neischte Mode,
Aach noch Schtors mit Lillie drinn.

Offescherm aus schwerem Ledder,
Wo keen Schutz sinn gege Hitz,
Schloofschtubb, zwee Paradebetter,
Kisse drinn mit feinschter Schbitz,

Wo keen Mensch dhut je druff schloofe,
Ob'r g'sund iß odder krank,
Newer'm alde Kachelofe
E andicki Offebank.

Do'n Hocker, dort'n Erker,
In demm, wo e Schbinnrad schdeht,
Hott aach die Madamm keen Ahnung,
Wie mer dodran's Rädel dreht.

Fein gemoolte Zimmerdecke,
Bilder, die keen Deiwel kennt,
In de Leuchter Kerze schdecke,
Die wo niemools angebrennt.

Dausend Sache, wo eem locke,
Allmitnanner forr die Katz,
Awwer for sich hinzuhocke
Recht gemiethlich, – gar keen Blatz!

Eingang dunkel, – kleene Zimmer,
Nix wie Pracht unn Herrlichkeit,
Iwweraal norr Glanz unn Schimmer,
Awwer sunscht, du liewi Zeid,

Lauder Meewelmagazine,
For die Ann're, nit forr sich, –
Schtielvoll sinn die Blüschgardine,
Schtielvoll iß dr Kichedisch,

Schtielvoll sinn die Fenschterscheiwe,
Schtielvoll selbscht die Kaffeemiehl,
'S Blech, die Krummbier druff zu reiwe,
Jedi Schtubb iß voller Schtiel, –

Awwer Niemand dhut sich fiehle
Bei sich selbscht so recht drheem, –
Scheen, deß sinn jo all die Schtiele,
Awwer – schrecklich unbequem!

*Hermann Waldeck*

# D'r Kaschtegeischt.

86 • 87 Dhut mer in d'r Zeidung lese,
Daß in Schina die Schinnese
Sinn in d'r Kuldhur zurick,
Noch e ganz gewaldig Schtick,
Unn in Kaschte, je nooch Rang,
Sinn ranschiert durch schtrenge Zwang,
Lacht mer die bei uns zu Haus
In Eiroba schrecklich aus.

Unn im allerfescht'sche Glawe
Fiehlt mer iwwerall erhawe
Iwwer die sich. – Voll Bedau're,
Daß se schitze sich durch Mau're,
Gege Fremde, Dhier unn Dhor, –
Secht, deß kummt bei uns nit vor,

Jeder, – ob'r jetz'n Wiener,
Minch'ner odder gar Berliner,
Ob'r drunne wohnt in Schwowe,
Odder hoch im Norde drowwe,
Ja, sogar 'n Mann'mer aach, –
Weil'r halt im eegne Aag
Guckt de greekschte Balke nit,

Unn aach sunscht, uff Schritt unn Tritt,
All die enggezog'ne Gitter, –
Awwer doch de kleenschte Schblitter,
Voll Empfindung unn Gemieth,
Glei bei jedem Annre sieht. –
Unn grad Mannem, jo deß weeß ich,
Iß noch mehr, als wie schinnesisch, –
Unn gibt Schina, 's iß keen Froog,
Nit alleen norr gar nix nooch,

Neen, – 's iß weit 'm noch voraus. –
Dann, wie guckt's in Mannem aus,
Unn was hott d'r Kaschtegeischt
Hier nit alles schunn geleischt! –

Do sinn die Schinnese schlauer
Mit der eene große Mauer! –

Hier gibt's Maure dutzendweis, –
Jeder sogenannte Kreis
Hott in Mannem, ungeloge,
Schunn e Mauer, feschtgezoge
Um sich rumm, aus harte Schteen,
Unn die kricht keen Deiwel kleen.

Ja in Mannem, in demm scheene,
Do dran muß mer sich gewehne,
Gibt's, wann's aach fascht nit zu fasse,
So e Schticker sechzig Klasse,
Eingedheelt, 's iß nit zum glawe,
Nooch'm Soll unn nooch'm Hawe. –
Geischt, Humor unn selbscht Verschtand,
Werre hier nit anerkannt, –

Awwer Moos, wann Eener hott! –
Deß iß hier d'r eenz'ge Gott. –
Der schdeht hier in großer Gunscht,
Unn wer Geld hott, hott aach sunscht
Viel Verschtand unn viel Schennie,
Wann'r aach e großes Vieh. –
Wer hier g'heert zur zwette Klass',
Der hott uff die Erscht'n Haß, –

Wer zu Nummro zwanzig g'heert,
Iß keen Nummro neinzehn werth, –
Unn die Zuschtänd in Vereine,
Di sinn bees unn schier zum Greine. –
Freile A, mit Simpelfranze,
Dhut im X-Verein nit danze,
Freile B dhät gern dort sein, –
Awwer die, die derf nit nein. –
Een Verein, der muß sich lehne,
Um sein Danzbäll zu verscheene,

Junge Leit vunn annerschtwo, –
Unn'n Ann'rer, der macht's so! –
Daß's ausguckt nit so kahl
In demm scheene, große Saal,
Alle Johr beim Maskebaal,
Gibt der, gradis, mulldumm Kaarde
Ab, an Leit vunn alle Arte,
Wann se, deß iß schdibuliert,
Kumme wolle norr maskiert! –

Wo dann noch uff dere Erd'
Is so ebbes je erheert? –
Korz unn gud, die mehrschte Leit,
Sinn in Mannem, liewi Zeid,
Hawwe se keen Moos im Sack,
So e Art vunn Lumbepack. –
Wer nit g'heert zur Hottwollee,
Demm geht's schlecht hier, ach herrjeh! –

Zu de Hausbäll lad mer ein,
Herrn norr, wo mer denkt, 's kennt sein,
Daß sich loßt, 's iß jo zum Lache,
Mool 'n Schwiggersohn draus mache. –
Grad so iß's uff'm Eis,
Was ich Eich sofort beweis'.

's sinn viel scheene Meedle draus,
Viel dervun aus reichem Haus,
Awwer 's iß doch zu verdamme,
Daß die Herrn norr laafe zamme
Mit so Dame, wo se wisse,
Daß, wann die 'mool angebisse,
Daß se richdig hawwe g'fischt. –
Norr uff Goldfisch sinn erpicht
Unser Herrn vunn heitzudag, –
Ob se hott e scheenes Aag,
Ob se hott recht scheene Hoor,
D'r Verschtand iß hell unn kloor,

Deß iß all nit hinnerlich, –
Wann norr Budder bei de Fisch! –
Unn so wie in denne Sache,
Dhun se's hier in Allem mache! –
Zwee, aus ganz verschied'ne Klasse,
Wo gar nit zusammebasse,
Jedi hott'n Hut sich b'schdellt,
Wie'n drägt die feine Welt! –
Denkt norr so e Unglick Eich,
Een Hut guckt'm Ann're gleich,

Unn wie die zwee Trägerinne
Sich emool zusammefinne,
Bautz, do war d'r Deiwel los,
Unn im Zorn, ganz riesegroß,
Rennt die Een zum Fawrigand,
Kreischt denn an, secht 's wär e Schand,
Sie hätt doch drei Batze mehr,
Unn deß wär gar nit ihr Ehr,
Daß sie hätt de selwe Hut,
Wie die X 'n drage dhut. –

Korz, wollt Alles ich verzehle,
Kennt ich Eich noch lang mit quäle
Mit demm, was d'r Kaschtegeischt
Hott in Mannem schunn geleischt. –
Denn, denn kriche mer nit los,
Werd deß Mannem noch so groß,
Dann wie bei de Schteierlaschte
Jeder in'n ann're Kaschte,
Odder in e ann'ri Klass',
Neinkummt, je nooch seiner Kass',
Unn die Erschte vunn de Zwette
Sinn gedrennt durch schtarke Kette,
Unn die Zwette sich verbitte
Jeden Umgang mit de Dritte,
Grad so dreibt aach aus d'r Näh'
Een vumm Ann're – 's Portmonnee!

*Hermann Waldeck*

# D'r Schbort.

90 • 91 Was deß aweil forr Zuschtänd sinn, –
Verhupse möcht mer grad, –
Mein Fraa, die iß im Fechtklubb drinn,
Mein Aelschdi, die fahrt Rad,
Mein Gröschter laaft in Tennisschuh
Unn Nachthemm uff die Wies,
Unn unser Kaarl, dr zwette Bu,
Schbielt Balle mit de – Fieß.

Mein Lißbett schwimmt im Schwimmverein
De Annere was vor –
Bei Rege, Schturm unn Sunneschein,
Fahrt unser Schorsch – Modor, –
Mein Franz, der iß im Ruderklubb,
Unn fiehrt dort' s große Wort,
Unn wann ich heem kumm in die Schtubb,
Was redde se: Vumm Schbort.

Mein Fraa, die dreemt, selbscht in dr Nacht
Vunn Säwel unn Rappier
Unn fahrt als aus mit solcher Macht,
Daß verzehn Dag ich's schbier. –
Zeig dann die blooe Mäler ich,
Unn fluch, e Dunnerkeil,
Kreischt unser kleener Fridderich,
Drei Käs hoch erscht, „Gut Heil!"

's iß schad, daß norr aus siwwe Schtick
Bei uns die Jugend b'schdeht,
Dann 's fehlt zu me vollkommne Glick,
Uns grad noch'n Atlet; –
Erscht wann vielleicht 'n guder Schtern
Denn Zuwachs uns noch bringt,
dann sinn mer erscht so recht modern,
Wie's neetig unbedingt. –

Wo alles so sein Schnooke dreibt,
Kaum daß 's uff dr Welt,
Unn Keener in de Hosse bleibt
Unn froogt nit nooch'm Geld,
Iß neetig, daß dr Vadder aach
Sein Schbortsvergniege hott, –
Ich mach jetz als, in kinft'ge Dag,
So hie unn do – Bankrott.

*Hermann Waldeck*

# Schweri Arweit.

92 • 93 Drei echte Kinner Israel,
Wo's lang schunn hott verdrosse,
Daß angeguckt mer hott se scheel,
Die dhun sich daafe losse. –

Am zwelf' sollt sei die Daaferei, –
Am Noochmiddag, so nooch de drei,
D'r alde Schmitt, d'r krumme,
Der wo als Zeige war d'rbei,
Iß heem zum Esse kumme. –

„Wo warscht dann, Lump?"
So schennt sein Fraa,
„Ich weeß – gell, kannscht nit laafe!" –
„Neen, Aldi, awwer heit war's letz,
Gedauert hott die G'schicht bis jetz,
Der een war kaum zu daafe!"

# Deß gibt's nit!

Die Kummbanie hott Rekrutte kricht.
D'r Feldwewel, e Kataschdrof im Gsicht,
Froogt nooch de Religione. –
Do kummt'r an een, der secht uff die Froog,
Unn ziecht die Aagedeckel hoch,
In aller Gemietsruh: „Ohne"!
„Was, ohne"! – „Religionslos halt"!
Meent der Rekrutt do widder.

Die Mudder vunn d'r Kummbanie,
Der so was iß bassiert noch nie,
Die flucht, „Ei e Gewitter,
Wann d' bis heit Owend, liewer Sohn,
Wie all do die Rekrutte,
Hoscht nit e richdgi Religion,
Dann kummscht mer zu de Judde!"

*Hermann Waldeck*

# Samsdag unn Sunndag.



Dr Vadder hott sich um nix gekimmert. – Die Mudder war e gradi, bravi Fraa, hott awer nix gegolte! 'S ware Israelitte, unn hawe Meierlewe g'heeße. – Drei Kinner hawe se g'hatt, zwee Buwe, unn een Meedel. Dr Aeltscht hott nadhierlich schtudiere misse, sie hawe sich's leischte kenne, unn wann der Bu aach'n großer Simbel gewest, schließlich hott'r sein Exame doch gemacht, dann Geduld iwerwindt Sauerkraut, unn geht's nit uff's erschtemool, hernooch langt's mit ach unn krach doch beim zwette, odder dritte Anschtorm, koscht's wer's bezahlt! –

Mit Hilf vumm neethige Debber is'r sogar aach Dokder worre, – deß macht sich besser for die Zukunft. Awer mit'm Dokder sinn'm aach uff eenmool die Gedanke kumme; – bis jetz hott'r iwerhaabt nix gedenkt g'hatt. – Jetz hott'r sich pletzlich g'sagt, – Dokder hott'r sich g'sagt, – Dokder, deß is scheen, – awer Dokder Meierlewe, – deß is arg, unn aach noch Israelitt d'rzu, – neen, deß is zu viel! – Unn wer nit geruht hott, bis'r nooch alle Regle richtig gedaaft war, unn'n eing'fleeschter Chrischt, – sogar'n Juddefeind worre is, der wo jeden Sunndag mit sei'm Gebetbuch in die Kerch gange is, – deß war unser Dokder Meierlewe....–, neen, neen, daß ich mich nix err, deß wär noch scheener, – neen, – vorher is'r aach schunn mit Mieh unn Noth, – 's hott schwer g'halte 'n bassende Name zu finne, unn zur große Bedriebniß vunn seiner Mudder, die wo nix zu sage g'hatt hott, – aus'm Dokder Aron Meierlewe, – dr Dokder Anaschtasius Eiermel worre! – 'R hott norre e paar Buchschtawe versetzt; schbäter hott'r noch mehr versetzt. –

Sunscht is awer Alles beim Alde gebliwe, unn g'scheidter is'r bei dere Seelewanderung um keen Hoor worre. – Awer's Herr Meierlewe's hawe, wie schunn g'sagt, drei Kinner g'hatt. 'S zwett war's Meedel; e scheen Meedel, e brav Meedel, die Freile Meierlewe, unn mit'm Vorname hott se Sarah g'heeße. 'S is nix iwer se zu sage; Sie hott, weil se schunn aus d'r Schul war, dr Mudder in dr Haushaldung g'holfe unn gewart bis se'n Mann kricht. Sie wart noch, – awer sie is noch jung, unn'r werd schunn kumme, dr richdige – Schadchen.

'S Jingschte war widder'n Bu, dr Sally, wo nit grad uff de Kopp g'falle, unn noch in die Schul in's Gymnasium gange is. 'R hott sich noch keen rechte Ansichte driwer z'sammemondirt g'hatt, ob mer aweil besser Sally odder – Hellmuth heeße dhät, unn ob mer g'scheidter'n Israelitt odder'n Chrischt wär, – dann'r hott immer viel zu schaffe g'hatt for die Unnersekunda, wo's heeßt, – ochse! – Unn jetz kummt's erscht, vunn wege warum ich eegentlich die ganz' G'schicht so hoorkleen do verzehl! –

An'me scheene Samstagnoochmiddag hockt dr Sally uff seiner Schtubb unn macht'n griechische Schtiel, – 's war sehr schwiel, unn's war'm zu viel, unn grad halt'r an dr schwerschte Schdell, aus dere wo'r um's Verrecke nit hott g'scheidt werre kenne, – do kummt die Mudder, e frummi Fraa, wo awer nix gegolte, in die Schtubb rein. – „Sally, am Samsdag, deß haw ich dr schunn oft g'sagt, werd bei mir nit g'schriwe, heit is Feierdag“ – hott se g'sagt, – „Mach dein Sach' morge!“

Deß war'm Sally, Wasser uff die Miehl; so schnell hott'r seiner Mudder noch nie g'folgt wie deßmool, – unn wer Alles hott schtehn unn ligge losse, unn schbazire gange is, – deß war unser Sally. –

Am neekschde Dag, Sunndagsmorgens, so am e zehne rum, hott's'n awer doch gedrickt de Sally, daß der Schtiel noch nit ferdig gewest, unn 'r hott sich'n Anlaaf genumme unn sich hing'hockt unn widder ang'fange griechisch zu ochse. 'R war awer noch nit recht am Delta, – deß is neemlich'n griechischer Buchschtawe unn liggt nit am Nil, – ankumme, do geht hinner'm die Schtuwedhier uff unn sein großer Bruder, dr Dokder Anaschtasius Eiermel, der wo nadhierlich Sunndags in seiner Schtaatsanschdellung, die wo keen Knopp eindrägt, nix zu dhun hott, – der kummt uff B'such vunn auswärts. Dr Chrischt zum Israelitt, – sie hawe sich, die Familie neemlich, was druff einbilde misse, daß'r sich noch dodruff eingelosse hott. –

Dr Herr Dokder, – sein Bruder am schaffe sehe, 'm eens uff die Ohre schlage unn kreische: „Lausbu – Am heil'ge Sunndag, in meiner Gegewart dhuscht Du schaffe, Du Juddebu?" – deß war's Werk vumm e Aageblick. –

Dr Sally awer, anschtatt zu greine, odder sich zu wehre, schdeckt sein Ohrfeig ganz bomadisch ein, klappt Bicher unn Hefter zu, macht e piffiges G'sicht unn seggt ganz vergniegt: „Meintwege, – is mer aach recht!" Unn dann fangt'r an, an de Finger herzuzehle: „Sunndags nix, – Samsdags nix,...– 's is norre schad, daß die Sarah noch nit derkisch gedaaft is, hernooch breicht ich – am Freidag aach nix zu schaffe! –"

# Mahlzeid.

„Deß Alde schterzt, unn neies Lewe,
Deß blieht aus de Ruwine raus!“ –
So secht mer als! – Doch wie guckt ewe,
Bei Licht bedracht', deß Lewe aus? –
Zum hippig werre, unn zum greine, –
Daß uff d'r Sau mer reide mecht,
Dann, beischbielsweis, jetz frieh am neine,
Eem schunn so'n Dreckschbatz – „Mahlzeid“, secht.

Deß iß norr eens vunn denne Sache
Aus de Ruwine uffgeblieht,
Deß deiwelswild alleen kann mache
E noch so weeches Schoofsgemieth,
Dann glei dodruff, am vertelzehne,
Die erscht, die schdeckt eem noch im Hals,
Dhut widder so e Großschnauz meene,
Mit „Mahlzeid“ grießt mer in d'r Palz.

Mer brummt unn knorrt, „dein Maul wär besser
Forr alle Zeide eingeroscht,“
Unn meent, „du bischt d'r wahre Fresser,
Seggscht „Mahlzeid“, wann'd nix gesse hoscht.“
Mer geht, verschtimmt, e Schtickel weiter,
Bedauert so'n arme Dropp,
Do schmeißt eem, Bäcker, Schuschder, Schneider,
Vergniegt sein „Mahlzeid“ an de Kopp.

Mer dreht sich rumm unn dhut se messe
Vunn Kopp bis Fuß, unn schluckt die Froog:
„Ihr Drecksäck, habbt'r ganz vergesse,
Vorr Hochmuth, eier Mudderschbrooch?“
Mer loßt se laafe, dhut sich wunn're,
Unn lacht se aus, die nowle Herrn, –
Do kumme Buwe, große, munn're,
Unn – „Mahlzeid“ winsche se vunn fern.

*Hermann Waldeck*

98 • 99

Mein Aelschder iß drbei, mein Peter. –
Mein eege, richdig Fleesch unn Blut
Secht – „Mahlzeid“, – so'n Schwerenöther! –
Do awwer packt mich doch die Wuth.
„Was, Mahlzeid, halt dein Maul,“ so sag ich,
„Du kämscht mer recht, du krigscht die Krach,“
Meim Frichtel uff de Backe schlag ich, –
Seit der Zeid secht'r – gud'n Dag!

# Deitsch geredt.

„Mit demm haw ich deitsch geredt“,
Heert mer voll Behage
Hie unn do, bei uns zu Land,
Alsemool eens sage.

Awwer wann dann Eener meent
’S wär aach so gewese,
Schdeckt’r in me Errdhumm drinn,
In’me bitterbeese. –

Deitsch, — so richdig nooch dr Schrift,
War’s, – do kann mer wette –
Nit, – dann – deitsch geredt, – deß iß
Lang noch, – deitsch, – nit redde. –

„Sie verfluchtes Rindvieh Sie,
Sie Kameel, sie dummes,
Bloomaul, Babbsack, Wasserkopp,
Drambeldhier, sie krummes.“

„Dreckschbatz, Simbel, Lumbebu,
Ihne will ich’s zeige,
Loße mit dr Gittaar Sie
Eich doch heem sich geige!“

„Du mit deine schebbe Been,
Unn de scheele Aage,
Uff dein großi Lewwerschnut
Krigscht jetz eeni g’schlage,

Odder krigscht dein Zinke glei
In deim Gsicht verschowe“, –
Wie bei uns werd deitsch geredt,
Dovun sinn deß Browe.

*Hermann Waldeck*

# Mein liewer kleener Bu.

100 • 101 'N kleene Bu haw ich drheem,
Deß iß e wahri Freed,
Unn wann dr Kaiser selwer käm
Unn wollt'n, – „'s dhut mer leed,"
So dhät ich sage, Schbaß abard,
In allergreeschder Ruh',
„Mir iß nit feil forr e Milliard,
Mein liewer, kleener Bu!"

Der droll'ge Kerl iß 's ganze Johr,
Vunn frieh bis schbät, fidel,
Macht eem die dollschte Bosse vor,
Unn lacht aus voller Kehl',
Ball maunzt'r wie e jungi Katz,
Ball brüllt'r wie e Kuh,
'S iß halt'n richdger, frecher Schbatz
Mein liewer, kleener Bu.

Bei jedem Hund, ob groß, ob kleen,
Wo rummrennt uf dr Gaß,
Do bleibt'r, selbschtverschtändlich, schdehn
Unn dreibt mit demm sein Schbaß,
Unn wann mer'n ruft, do kummt'r aach
Geloffe schunn im nu, –
'R kummt aach nit, wann'r grad mag,
Mein liewer, kleener Bu.

Am Sunndagmorgens nemm ich als
In's Bett'n zu mer nein,
Do will dr Jäger aus Kurpalz
Der Schlingel immer sein.
Ich bin dr Gaul, er reit uff mir,
Unn dichtig haut'r zu,
Wann ich seim Zichel nit barier,
Mein liewer, kleener Bu.

Unn wann ich als schbaziere laaf,
Unn nemm'n dozu mit,
Do heeßt's in eemfort: „Vadder, kaaf
Mer deß unn sell, ich bitt."
'N Faschtebretzel will'r ball,
Unn's Bier a ball drzu,
In so're Audomadehall,
Mein liewer, kleener Bu.

Unn leg ich, nooch'm Middagsdisch,
Uff's Kannebee mich als,
Wer rickt dann glei, mit dausend Schlich,
Mer däglich uff de Hals,
Unn hupst mer uff de Knoche rumm
Mit seine kleene Schuh,
Daß ich als außer Athem kumm,
Mein liewer, kleener Bu.

Mein kleener Bu, der iß mein Freed,
Denn halt wie nix ich hoch, –
Wann norr nit greeßer werre dhät
Der Krippel, nooch unn nooch,
'S iß gar zu scheen, demm kleene Mann
Sein luschdiges Gedhu,
'S iß schad, daß'r nit bleiwe kann
Mein liewer, kleener Bu.

*Hermann Waldeck*

# Nißköpp.



Wißt'r was'n Nißkopp iß?
Ich will Keens verletze,
Awwer niemand, ganz gewiß,
Kann deß iwwersetze!

Nißkopp iß'n beeser Bu,
Awwer aach'n guder,
Nißkopp, – heert emool eem zu,
E geriwnes Luder.

Nißkopp heeßt, – daß Gritz im Hern,
Die Sort vunn demm Schlag hott,
Unn daß se'n gude Kern
Unn e helles Aag hott.

Nißkopp heeßt, – 'r hott die Krenk,
Dreibt, was Gott verbotte,
Schnitzelt Name in die Bänk,
Hott e loses Handgelenk,
Bengelt Niß nooch Notte,

Heckt die greekschte Lumbeschtreech
Aus, unn kann aach peife
Selbscht die schwerschte Vochelschläg, –
Loßt keen Appel reife, –

Frißt se liewer grien unn hart,
Unn loßt keene henke.
Wann de Beem sein Gegewart
Sunscht keen Mensch dhut schenke.

Nißkopp heeßt, – 'n Galgeschtrick,
Demm keen Wort zu schwer iß,
Hinner'm Ohr's hott, fauschtedick,
Unn der nit weit her iß.

Der, kaum, daß die Schul iß aus,
Aach schunn uff dr Walz iß,
Demm was schaffe iß'n Graus,
Unn der aus dr Palz iß.

Nißkopp, iß'n Nißkopp halt,
'S hilft keen forsche, wiehle,
Iwwersetze kann mer's nit,
So was muß mer fiehle. –

Nißkopp, – forr'n Bu e Ehr.
Iß's, so zu heese,
Zu verschdehe freilich schwer
Iß demm Wort sein Wese.

Nißkopp sein iß wunnerbar, –
'S soll die Krott mich petze, –
Norr wer selbscht'n Nißkopp war,
Weeß'n recht zu schätze!

*Hermann Waldeck*

# Die Aeppelschale.

104 • 105 Ach Mudder, e paar Aeppel norr,
Gebb uns, zum Vieruhresse, –
Verschbroche hoscht's uns schunn so oft,
Unn's jedesmool vergesse!" –

„Ach Mudder, heit, forr ganz gewiß,
Do kannscht's mool mit uns woge,
Unn so lang, bis'd uns Aeppel gibscht,
Do dhune mer dich ploge." –

„Ihr kricht jo Aeppel, heert norr uff
So ferchterlich zu quäle, –
Doch mißt'r mer verschbreche erscht,
Die Aeppel aach zu schäle."

„Mer schäle se, norr her dermit," –
Ruft do deß ganz Gezappel,
Unn rennt aach glei vergniegt d'rvun,
In jeder Hand 'n Appel. –

Unn wie die Aeppel gesse sinn,
Do kumme ball se widder, –
Unn losse um die Mudder sich,
Vergniegt unn luschdig nidder.

„Non sinn die Aeppel schunn verzehrt,
Ihr G'sellschaft, ihr nixnutze?" –
„Jawohl," so heeßt's im laude Chor,
„Bis uff de letschde Krutze." –

„Unn habbt'r aach die Aeppel g'schält,
Wie ich's eich habb gebote?" –
„Jawohl," heeßt's widder, „ganz gewiß.
Die Geele unn die Rothe." –

„Unn wo habt'r die Schale hin,
Ihr kleene Lockekeppel?" –
„Die – hammer gesse hinnedruff,
Glei uff die g'schälte Aeppel!"

# Zahn iß Zahn.

Pfui Deiwel, neen, deß iß zu viel! –
Ja, hawwe Sie dann gar keen G'fiehl
Forr Ordnung, unn forr Pinktlichkeit,
Sie Schlamp?" – „Ich glaab, Sie sinn nit g'scheidt, –
Sie Landsbummranz, Sie dappige,
Sie Orschel Sie, Sie schlappige."–

„Wie kumme Sie, Sie kleener Krutze,
Dann doderzu, de Kamm zu butze
Do, mit d'r Zahnberscht vunn mein Mann?"
„Ei sage se, wo hawwe dann
Gelernt, die neie Mode, Sie?"–
„Ei Sie sinn dummer noch wie's Vieh!"

„E Zahnberscht, – Fee vumm Wasserschteen,
Mit dere butzt mer norr die Zähn,
Unn doch keen Kamm, deß iß doch kloor,
Mit demm, wo mer sich macht die Hoor!" –
„Deß weeß e Kind jo schunn, im Schloof, –
'n Esel weeß deß, unn e Schoof, –

Ei, deß iß jo recht abbediddlich!" –
So schennt die Hausfraa, eklich, krittlich, –
Wie Morgens se, vunn ung'fähr grad,
Verwischt, die siwnezwanzigscht Maad,
Die wo se g'hatt hott in demm Joohr, –
Wie die, vumm Kamm, die korze Hoor,

Die wo, vumm Kämme, drinn gebliwwe, –
Hott mit d'r – Zahnberscht rausgeriwwe! –
„Neen," brummt se weiter, „jetz iß aus, –
Sie misse glei mer aus'm Haus,
Forr mich, do dhune Sie nit dauge, –
So Gäns, wie Sie, kann ich nit brauche, –

*Hermann Waldeck*

Sie kenne uff d'r Schdell glei gehn, –
E Zahnberscht iß norr forr die Zähn!" –
„Madamm," so greint jetz, dief beleidigt,
Deß Meedel, unn hott sich verdheidigt,
„Madamm", so dhut se schluchze, flenne, –
„So heere Se doch uff zu schenne,

Ich kannn jo, wann se's winsche, gehn, –
Doch daß e Zahnberscht forr die Zähn
Zu butze, norre werd gemacht,
Deß hott uns unser Lehrer g'sacht,
Schunn in d'r Schul, – vorr lange Johr, –
Unn jetz, jetz iß mer's noch nit kloor,

Warum, anschtatt mich noch zu lowe,
Sie gar so wiedhig schenne, dowe, –
Ich habb doch, liewi, gudi Zeid,
Nix wie gedhan mein Schuldigkeit, –
Unn eenfach," schnaddert se, verdutzt, –
„Demm Kamm aach norr die Zähn gebutzt!"

# Erscht kumm ich!

'S war Anfangs vunn d'r Schbargelzeid,
Sie ware noch e Seldenheit,
Unn jeder fascht hott sich gerisse,
Noch um'n solche Leckerbisse. –

Do sinn im Hodel Monobol,
In der Sesson, zum erschtemool,
Als e Gemies, ganz nei unn frisch,
Aach Schbargle kumme uff de Disch. –

D'r Kellner, der hott se serviert
Erscht bei're Dam, wo sehr geziert,
Wie deß bei Dame vor dhut kumme,
Zwee Schbargle norr, sich hott genumme. –

'Me junge Herr dann, newe dran,
Wo nit emool geriehrt se an,
Weil iwwerhaabt 'r nit gewißt,
Wie mer die lange Dinger ißt. –

Dann widder, bei'me alde Schbieß,
Demm wo sein allerliebscht Gemies,
War längscht schunn, norr'n saft'ger Brote. –

Dann awwer, an'me kleene, rothe,
Sehr dicke Herr, war dran die Reih'. –
Der holt die Platt mit Schbargle bei, –
Unn dheelt, im Nu, mit kiehnem Schnitt,
De ganze Vorrath in d'r Mitt', –

Unn schiebt, als Fresser, als'n heller,
Im Aageblick, sich uff de Deller,
In solche Sache sehr erfahre,
Die Seid, an der die Kepp dran ware! –

*Hermann Waldeck*

Vunn alle Seide kreischt's: „Oho!“ –
„Norr langsam, mir sinn aach noch do,“ –
Ruft Eener, unn ziehgt's Maul ganz schebb, –
„Mir esse aach gern Schbargelkepp!“ –

„Ja,“ meent der Rothe, unverdrosse,
Unn ohne schteere sich zu losse
Jetz, in seim G'schäft, demm arge schwere, –
Die Schbargelschbitze zu verzehre, –

„Ja,“ schmunzelt'r, „ja, meine Herrn,
Deß glaw' ich jo, vunn Herze gern,
Daß Schbargelkepp Sie aach gern esse, –
Doch dirfe se norr nit vergesse, –
'S iß doch 'n Unnerschied, 'n kleener, –
So gern wie ich, do ißt se keener!“ –

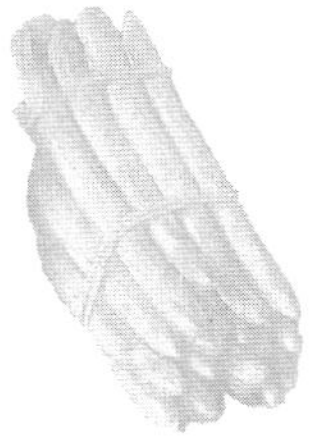

# E Eisebahnunglick.

„Einschdeige!“ – kreischt dr Kunndukdeer, –
E Meedel is norr do, –
E Henkelkerwel in dr Hand
Froogt se verschichtert: „Wo?“ –

Dr Kunndukdeer macht's Kubee uff. –
„Do nein, do gehn se her!“ –
Bis uff'n finschtre, wieschte Mann,
Do war deß Kubee leer. –

Deß Meedel setzt sich breet unn fescht,
Sie hott keen schlecht Gewicht, –
Ihr vis a vis' guckt scharf se an
Unn macht e beeses G'sicht. –

Dr Zug geht ab unn schnauft, unn schafft,
Der Mann, der hott keen Ruh,
Fixirt deß Meedel alsefort
Vumm Kopp bis zu de Schuh,

Dreht ball sich rechts, unn ball sich links
Dohin wo's Meedel sitzt,
Deß, – weil'r gar nix Gudes schwant, –
Vor Angscht Halbbatze schwitzt. –

Deß is so Eener, denkt se sich,
Wie's schunn verzehlt die Bas,
Der hebt eem, daß'r schdehle kann,
E Nasduch an die Nas! –

Kaum ausgedenkt, do ziehgt der Mann
Aach schunn sein Sackduch raus,
Sieht sich ganz wild im Kubee um,
Guckt erscht zum Fenschder naus,

Schdellt sich dann vor deß Meedel hin, –
„Sie! Gell, Sie sinn so gud,
Mir halte glei, ich muß jetz naus, –
Sie hocke uff meim Hut!“

*Hermann Waldeck*

# Die Entschuld'gung.

„Sie hawwe am Sunndag de Müller verhaue, –
Deß iß schtroofbar, deß iß nit erlaabt!“ –
So sescht dr Richter, mit finschtere Braue,
Zu zwee Schtrolche, zwee aldersgraue,
Wo mit Händ wie'n Kerchdhorn begabt. –
„Was hawwe se zu ihrer Entschuld'gung zu sage?“ –
„Daß mer'n 's neekschtmool am Werkdag verschlage!“

# 'N Gemietsmensch.

„Wo warscht dann Seppel?“ – 'n Schoppe Bier
Haw ich gedrunke beim Michel!“ –
„Wo gehschd dann hin?“ – „Jetz geh ich heem,
Jetz kricht mein Aldi Prichel!“ –
„Ja Seppel, warum hauscht se dann?“ –
„Damit se weeß, daß se hott'n Mann!“

# Ich weeß nit!

'N Julidag, – e trop'schi Hitz –
Am Waldrand, in 're Wasserpütz
Dhun Buwe, Meedle bade –
Sinn luschdig, wie halt Kinner sinn,
Unn finne do nix unrechts drinn,
Unn's dhut 'n aach keen Schade. –

'M Parrer awwer kummt's zu Ohr, –
Der nimmt am neekschde Dag sich vor
Denn, wo zuerscht 'r hott verwischt
Im Dorf – de kleene Franzel Schlicht
Unn secht zu demm in ernschtem Ton:

„Hoscht mit de Meedle, liewer Sohn,
Du geschtern Owend aach gebadt?" –
„Ich weeß ... nit, " meent der deschberad,
„Do misse ... se ... 'n ann're ... frooge,
Mer ware jo all ... ausgezoge!"

*Hermann Waldeck*

# D'r fliegende Holländer.

112 • 113 Ich hab' schunn manches Kunschtschtick g'sehe, –
Hansworschte, wo uff's Seel nuffgehe,
Bajazze, die als Feier fresse,
Uff Johrmerk schunn, unn schunn uff Messe,
Unn Affe, die wo exerzire,
Unn abgerichde sunscht'ge Dhiere,
Unn vunn so Zeigs noch allerhand,
Wann Kerwe bei uns uff'm Land,
Aach schunn emool'n Kautschuckmann, –
Doch nie noch, – Een wo fliege kann! –

Do kumm ich neilich in die Schtadt, –
Do haw ich neemlich G'schäfte g'hatt, –
Unn laaf zwee Schtunde lang drinn rum,
Unn guck mich uff e Art drinn um,
E mehr als wie geniegende, –
Dr Holländer, dr fliegende,
Lees ich do im voriwergehe,
Der wär heit Owend hier zu sehe. –
„Halt", sag zu mir ich: „Alder Michel,
Denn guckscht dr an mit seine Fliggel!"

Ich free mich riesig uff denn Schbaß, –
Ich kumm an die Theaderkaß',
Wo ich bin worre hingewisse,
Krich fascht de Rock vumm Leib gerisse,
Kaaf e Billiet, unn froog denn Mann:
„Sie heere se, wo fliegt'r dann?" –
Der lacht, unn guckt vunn unne ruff,
Unn seggt: „Gehn'se die Schtieg do nuff!" –
Ich geh' se nuff, sie nimmt keen End,
Ich denk, – wann ich norr fliege kennt! –

Non, endlich, iwer nix wie Dreppe,
Uff meine Absätz, meine schebbe,
Kumm uff de richd'ge Blatz ich nuff. –
„Fliegt jetz der Mann vunn drunne ruff,
Unn nit vunn ganz do howe nunner?“ –
So froog ich glei, – doch wie e Wunner
Hott mich mein Nochber do bedracht,
E beeses, gift'ges G'sicht gemacht,
Unn glei gemeent: „Sie aldes Vieh,
Wann se nit schdill sinn, fliege sie!“

Pfui Deiwel, denk ich, der is fein,
Unn schteck des alde Rindvieh ein,
Unn heer die Musik drunne an,
Herrgott, wie hott'r deß gedhan,
Wie wann die Frösch im Summer quacke! –
Die viele uff'geblos'ne Backe,
Unn deß Gzwerwel unn Gedrummel, –
Noch ärger wie'n Kerwerummel, –
Die Ohre dhun eem orndlich weh, –
Do fliegt – dr Vorhang in die Heh! –

Ich hab gemeent 's ging los jetz glei
Do drunne mit der Fliegerei, –
Dr Wind hott in dr Dunkelheit
Gebloose grad als wie nit g'scheidt,
Doch g'sunge hott vunn de Madrose
Der een, 'r mißt noch schtärker bloose. –
Mein Hinnermann, denn froog ich g'schwind, –
„Kann'r nit fliege bei demm Wind?“ –
„Neen“, – seggt der ärgerlich unn grob,
Unn mir fliegt – ebbes an de Kopp. –

'S fangt ringsum Alles an zu schenne, –
Ich hab's fascht nit erwarte kenne
Zu gucke wenigschdens denn Mann
Aus Holland, der wo fliege kann, –
Do werd's do drunne langsam Licht, –
„Deß is'r mit demm blasse G'sicht!"
Seggt eener'm ann're leis in's Ohr. –
Ich kreisch ganz laut: „'S is jo nit wohr,
Der wo do drunne singt sein Schbrichel,
Der Mann, der hott jo gar keen Fliggel!"

Do ruft's vunn alle Seite, – „naus!" –
Doch do hott's gewe grad e Paus,
Dr Vorhang der dhut runnerfliege, –
Kaum is'r hunne dhun se'n ziehge
Aach glei schunn widder ganz bis nuff, –
Mit Händ unn Fieß haut Alles druff,
Unn batscht unn drappt unn kreischt wie doll,
Der Holländer, wo fliege soll,
Der kummt dann aach mit große Schritt,
Unn's fliege – Kränz, – doch er fliegt nit. –

Korzum, – was soll ich Ihne sage, –
Ich hab mit uffgeriss'ne Aage
Zwee Schtund gewart als uff die Kunscht
Vumm Fliege, awer ganz umsunscht. –
Die G'schicht, die hott halt nit geklappt,
Der Holländer, wie angebabbt,
Hott's Meedel angeguckt ganz schtumm, –
Do kreisch ich, wie mer's werd zu dumm:
„Wie kann mer eem dann so bedriege,
Ich glaab der Kerl kann gar nit fliege!"

Kaum haw ich's g'sagt, bin in'me Boge
Ich aach die Schtieg schunn nunnerg'floge,
Unn dann, am Kopp e dicki Baus,
Gedorkelt wiedhig aus'm Haus
Unn hab e Fauscht gemacht im Sack. –
So e verdammtes Lumbepack
Macht eem e X hin forr e U, –
Unn, – was mer jetz noch loßt keen Ruh, –
Dobei weeß ich noch nit gewiß,
Ob'r nit doch noch g'floge is! –

So is mer's gange in dr Schtadt, –
De Kopp verbellert, mied unn matt, –
Unn so was is nit angenehm, –
So bin ich kumme widder heem. –
So werd's gemacht jetz in dr Welt, –
Erscht nemme se eem ab sein Geld,
Unn noochher dhun se eem nix biete, –
In Zukunft do werr ich mich hiete, –
Unn wann ganz Holland kummt uff Fliggel,
Loßt sich nit uze mehr dr Michel!

# Die Drambahn.



Ich bin halt emool 'n Hitzeblitz, – ich krich glei e Wuth wann mich ebbes ärgert, – unn wann ich aach noch meen ich dhät unrecht gedhan kriche, hernooch gud Nacht Gemiethlichkeit, – dann kann ich arg wiescht werre! –

Haw ich mich do neilich widder emool vunn meim vermeentliche gude Recht verleede losse eklich grob zu werre, saugrob sag ich Ihne, – unn hinnenooch, do war ich froh wie ich mich, wie'n Puddelhund, der wo naß worre is, hab widder aus dr Bredullie raußreiße kenne. Ich muß Ihne die G'schicht verzehle, dann' is zu dumm wie mir's gange is.

Daß ich uff alle Drambahne Händel krich, deß verschdeht sich vunn selbscht, – eenmool mit'm Kutscher unn eenmool mit'm Kunndukdeer, – eenmool mit eem, wo eem beim nuffhubse uff de Wage immer uff die beschte Atzelaage dret, unn's annermool mit're alde Jungfer, die bei dr greekschte Kält keen Dhier zumache kann, weil die Luft im Wage so schlecht wär. – Non, unn iwerhaabt, die mehrschte vunn denne Schneckeposchte sinn jo so wie so zum händelkriche, unn wann mer aach e Nadhur hott so weech wie'n frisch g'schorener Schoofhammel. Awer neilich, – neilich wo ich mit meiner Fraa unn meiner Dochder, – meiner Luis, – uff Oschtre e Schbritzdour nooch Frankfort gemacht hab, do haw ich sogar uff dr Frankforter Drambahn, die wo werklich, unn nix for umsunscht als e Anschtalt gilt, die wo for's Bublikum do is, unn an dere sunscht aach gar nix auszusetze is, – ewefalls 'n große Zores g'hatt.

Basse se 'mool uff, wie deß kumme is, mer sollt's nit for meeglich halte!

Mir gehne Noochmiddags, mein Fraa, mein Luis unn ich, – vunn wege dr Verdauung, – ganz bomadisch uff dr Zeil schbazire unn bedrachte uns die gebutzde Leit. Mer hawe neemlich vorher fein gewickelt g'hatt unn orndlich drang'schitt! – Ewe hott noch die Sunn g'schiene, zehn Minutte druff fangt's an zu blatsche wie mit Kiwel. – Was dhun denk ich, mein Fraa hott's schwarzseidene, mein Dochder ihr neies, graues Kleed ang'hattt, unn mir drei hawe z'samme norre een Scherm, unn aach noch so'n neimodische Noodelscherm, wo noch nit emool for een langt, wann'r nit so derr is wie'n verliebter Hering. – „Do kummt die Drambahn!" sag ich, – „mir fahre in de Zologische!" – Jawohl, in de Zologische! 'S ware noch mehr Leit do, unn bis mir an's Einschteige, – vunn links hinne einschteige, bei denne is Ordnung unn annerscht derf mer nit, – kumme sinn, do war der Wage schunn voll unn dr Kunndukdeer seggt sehr heeflich, awer kloor und deitlich: „Es thut mir sehr leid, aber der Wagen ist vollständig besetzt!" –

„Mache se keen Bosse, mach se e Ausnahm, mir sinn fremd unn naß," sag ich so sieß wie e Nachtigall, wann se im Laab lockt, – „uff drei Leit mehr kummt's heit nit an, heit is Oschtre", – unn dobei zwinker ich mit'm linke Aagedeckel, daß mer's uff zehn Penning Drinkgeld aach nit ankumme dhät. –

„Thun Sie die Hand vom Griff, es geht nicht, wir fahren weiter!" krich ich widder sehr fein zur Antwort, unn ich hab schunn gedenkt, der Mann hott Recht wann'r uff Ordnung halt, unn do misse mer uns halt in Gott'sname noch weiter wässere losse bis dr neekschte Wage kummt. – Do seh ich, wie sich in demm Aageblick vunn hinne rechts, – unn mer derf doch norr vunn links einschteige, – e Frauenzimmer in'me graue Kleed hinner'm Kunndukdeer vorbei in de Wage drickt, als wann sich deß ganz vunn selbscht verschtehn dhät. –

Ich, deß sehe, unn mein ganzi Fassung, – deß heeßt mein g'sundes Maulwerk widder kriche, – deß war eens unn's selwe. – „Sie unverschämter Simbel, Sie Dreckschbatz mit ihrer hochg'schtoch'ne breißische Schbrooch, Sie draurigi Zehnpennings-orgel, Sie eenfält'ger Billietzwicker, – Sie wolle mich unn mein Leit nit mitnemme unn do im Rege schtehn losse, unn hinner ihrem breete Drambahnbuckel do dirfe noch Dame einschteige, Dame mit graue Kleeder, unn aach noch uff dr verkehrte Seit, vunn hinne rechts?" – „Ei Sie muß jo glei e ellektrisches Gaulsbahndunnerwetter verschlage, Sie griengeeler Schienerutscher Sie!" – „Glei nemme se uns mit odder ich ruf'n Schutzmann, ich zeig Ihne an Sie Zweeerleemooßmesser Sie drauriger," – unn grad will ich mein batschnasse Noodelscherm als Angriffsinschtrument benutze unn zur Addack iwergehe, – dr Kunndukdeer hott die Schbrooch noch gar nit widderg'funne g'hatt, – do geht direkt vor meiner Nas eens vunn denne Drambahnfenschter runner, – unn denke se sich, – mein eegni Dochder, – mein Luis, – lischbelt mer mit'me ganz vergeischterte G'sicht zu: „Vadder sei doch schdill, heer doch uff zu schenne, – deß graue Kleed, deß war jo ich, ich bin hinne rum reing'schlupt!" –

Non mein Schrecke kenne se sich denke!
– „Ach entschuldige Se vielmools sehr geehrter Herr Kunndukd..." – so weit bin ich kumme, do is der Wage weiterg'surrt, – die Dochder im Druckene unn mir im Nasse. – de Kunndukdeer haw ich noch gasseweit maule heere unn mein Fraa unn ich, mir hawe dog'schtanne nit mehr norre so naß wie

Puddelhund, neen, wie Metzgershund vunn dr greekschte Raß, die wo e paar Kiwel kalt Wasser uff de Buckel g'schitt kricht hawe. Unn erscht noch der Haufe Mensche, wo uns angegafft hott, unn die Ausdrick wo ich hab' heere misse, – die Olwel, Limmel, unn deß Oos, – die sinn norre so in dr Luft rumg'floge. Wer sich schnell e fescht g'schlossni Schees genum-me, in de Zologische g'fahre, die Luis g'holt unn nix wie an de Bahnhof, unn widder heem gerutscht is, deß ware mir. –

In de erschte drei Johr bringe mich keen zehn Geil mehr nooch Frankfort, – ach Gott, wann mich der Kunndukdeer verwische dhät, unn wann der erscht wißt, – daß des graue Kleed mein Dochder geweßt is!

***Die Pferdebahn wird 1900 von der elektrischen Straßenbahn, im Volksmund „Funkeschees" genannt, abgelöst.***

**_Jakob Strauß_**

_1861 – 1911_

_Wie schdolz bin ich,_
_daß ich vun Mannem bin._

*Aufnahme von Jakob Strauß in „Feierabend"*

# Mein Mannem!

Wie hot mein Mannem sich seit dreißig Johr
Verännert ganz nooch inne un noch auße',
'S kummt alles em so unbekannt heit vor,
D'r Geischt d'r Großchtadt dhut in Mannem hauße'.
Keen Schtadt im weite scheene deitsche Reich
Kummt meiner liewe Vadderschtadt heit gleich!
Vun Fortschritt, Bildung, Scheenheit schtickt 'was drin –
Wie schtolz bin ich, daß ich vun Mannem bin!

Do schterzt d'r junge Neckar voller Freed
Sich in de Arm vum deitsche Rhein, vom alde,
Un midde' drin, im schmucke, neie Kleed,
Do werd mein Mannem kräftig vun 'ne g'halde.
Vun links die Hardt, vun rechts die Bergschtroß grießt,
D'r Odewald des Bild von hinne schließt –
Wo pälzer Geischt und pälzer Herze sin –
Wie schtolz bin ich, daß ich vun Mannem bin!

Un sauwer sin die Gasse, wie geleckt,
In's Kandelwasser kann m'r nit mehr trete,
Nooch Erdeel riecht's nit mehr – ja ma' entdeckt
Schunn in d'r Filzbach hochmoderne Läde!
Im Oschde draus Nei-Mannem ufferschtehdt,
Doch keen Quadrate mehr, dann 's Alfabet,
Des reicht schun lang nit mehr for uns do hinn' –
Wie schtolz bin ich, daß ich vun Mannem bin!

Mich lockt keen Frankfurt, keen Berlin, Paris,
Ich bleib mei'm Mannem trei durch's ganze Lewe!
Gemithlich wohnt sich's drin – e Paradies,
Bei pälzer Herze, Geischt, un pälzer Rewe'!
Un muß ich fort halt doch emool am End,
Wer ich begrawe odder gar verbrennt –
Des is m'r ziemlich Worscht! Ich hab mein Ruh,
Wann ich halt norr in Mannem bleiwe dhu!

*Jakob Strauß*

# Die Quadratschtadt.



Schtellt mar sich an's Schloß, de Blick
Gradaus uff die Friedrichsbrick,
Sieht e Schtrooß mar, breet un groß,
Des do, des is die Breet' Schtrooß.
Die dheelt schachbreddartig glatt
Rechts un links genau die Schtadt.

Fascht symmetrisch akurat
Reiht Quadrat sich an Quadrat,
Un damit mar's glei verschteht
Geht des nooch'm Alphabeth.
Linker Hand fangt's an mit A
Un geht 'nunner bis zum K;

Rechts schteht L, hab' Owacht druff,
Un mit U heert's unne uff.
Also: links erscht A, dann B,
Rechts L, M, N, O, dann P.
Un so weider! 's is nix schlecht's,
Jeder wees, was links un rechts.

'Nauszu's links: A eens, zwee, drei,
Rechts: macht L die nämlich Reih';
Jeder Bu'schtab hot sein Zahl,
Weil sunscht die Quadrat' egal.
Litt'ra nennt mar's und e Schbur
Hot jed' Haus von Litt'radur!

Uff de Häuser, weiß und bloo
Schteht zu lese 's Nummero.
Finne kann's e Kind, e kleens,
Dann 's fangt immer an mit eens,
Links 'rum uff d'r linke Seit
Sind die Numm'ros, liebe Leit –

Rechts, vun L bis U – nit dumm –
Geh'n aach rechts die Numm'ros 'rum!
– Leicht bis uff de Jungbusch 'naus
Is zu finne jedes Haus
In d'r Altschtadt, weil dohin
Noch keen Schtrooßename sin.

Kaiser–, Park–, Luisering
Is e ganz modernes Ding;
Driwwer 'naus des Häusermeer –
Frooge muß mar, suche schwer!
Werderplatz un Hildaschtrooß,
Alles nei! Jetzt sagt m'r blos:
Sin nit scheener unser g'rade
A, B, C, D Schtadtquadrate?

***Die Quadratestadt***
***im Festschmuck zur Jubelfeier,***
*1907*

# Aus verklung'ne Zeide.

126 • 127

Draus, vor d'r Schtadt, do licht d'r Hasegraawe.
Breet is 'r nit, mar kann fascht driwwer schbringe;
E bissel Schilf is d'rum, e bissel Rohr
Schteht noch vum letschte Herbscht, weil unser Buwe
Nit alle Binse abgerobbt. – Schtill werd's
Im scheene Bellwi-Keller nooch un nooch.
Norr leere Schobbegläser schtehe 'rum,
Als wollte se vun all de Leit verzähle,
Die sich beim erschte junge Frihlingsdag
Zum erschtemool in's Freie 'nausgewagt,
Um dann vum Diffené seim gude Bier
Gemithlich e paar Schobbe dort zu petze.

Die Sunn geht unner. Rot im Widderschein
Glänzt durch Gebisch un Bääm d'r liewe Neckar.
'S is schtill un duschter. Norr die Fresch do drunne,
Die schtimme jetzt ihr däglich Nachtlied an.
'S klingt zwar sehr kräftig, awwer 's baßt juscht nit
Zum scheene, schtille Frihlingsowend-Friede.

– Zwee Hase hawwe drum nit schloofe kenne
Un renne aus'm Rosegaa'de 'raus
'Naus uff die grine Wies' am Hasegraawe.
„Du", secht d'r alt' zum junge, „heer norr, wie
Die freche Fresch heit widder rässonniere,
Un wie die's Maul vollnemme! Unsereens
Kann in d'r Schonzeit kaum mehr ruhig schloofe."

„Geh, Babbe, loß se redde," meent d'r jung',
„Mar weeß jo doch nit, was se sage wolle."
„Mar weeß 's nit? Do bischte awwer letz,
Ich heer ganz deutlich, wie se dischkeriere.
Die ganz' Kuhweid hot Versammlung heit
Un hing'hubbst sin se all vum Rosegaa'de.

Sie schenne driwwer, daß d'r Hasegraawe
Soll ausgedrickelt un dann zug'schitt werre,

Vun wege de verflixte Schnooke. Heerscht
Wie sich die Fresch dagege all verwahre?
Die Fettviehhall soll abgerisse werre
Un unser Hauptquartier, die Käfferfall,
Gibt Wohnunge for feine, reiche Mensche.

Do wo vun Mannem nix mehr is zu sehe,
Do fangt's erscht an, wann noch e paar Johr 'rum,
Die Fresch, die kenne nit mehr wohne bleiwe
Un misse 'naus, vielleicht bis Feidene.
Heerscht noch nit, wie se laut im Chor Brotescht
Erhewe gege all die dolle Sache?

Een Blatz bleibt steh'n. 'N großer runder Dhorn
Verschberrt 'ne zwar die Aussicht uff's Gebirg,
Doch scheener werd's, als in Arkadien.
Un do, wo jetzt noch scheenes, freies Feld,
Die ald' Kuhweid un d'r Rosegaa'de
Zusamme schtoße, gibt's in Bau, 'n Bau
Vun Schteen un Eise un Figure dran,
So was – jetz schbitz dein Leffel un heer selbscht!"

Wie wann's Gewidder losbricht in der Nacht,
D'r Dunner widderhallt in alle Gasse:
So fange jetz die Fresch im Hasegraawe
Zu schenne un zu rässoniere an.
'N jeder meent, 'r wär' 'n Kridiker,
Dhät vun so Sache 's allermehrscht verschteh'n;

Die Kuhweid wär keen Blatz for so 'n Bau,
Un roth un grin, des dhät nit z'samme basse,
Un e Schbidal wär needhiger. Korzum
's wär widder 'was, was widder gar nix wär'!
„Die erre sich," so secht d'r alde Has,
„Desmool geht's annerscht, wie ich neilich g'heert
Zufällig vumme Feiersalamander,
Der's seiner Fraa dort unner'm Schteen verzählt:

Die schtelle hin was for die Ewigkeit
Un wie nix Scheeners in d'r Welt zu sehe!
Do in dem Gaa'de werd die Kunscht geplanzt,
Die bliht wie Rose for die arme Mensche
Un bringt 'ne Himmelsduft for triwe Schtunde.
– Drum loß se redde, quake, kridisiere
Un iwwer Blatz un Form un Farwe dischkeriere –
Sie misse doch sich rickwärts rediriere
Die freche Fresch!
Wann eingeweiht d'r Bau
Un dausendfacher Feschtesjuwel grißt
De Großherzog in echter, pälzer Trei,
Wann mächtig, wie's nie vorher noch geklunge
Begeischt'rungsvoll die Mussik drin ertönt:
Dann bringe se die uffgeriss'ne Mailer
Vor Lob un vor Bewund'rung nit mehr z'samme!"

Der alde Has schließt do sein Redd un Aage
Un legt die Leffel 'runner un schlooft ein.
D'r junge heert schun lang die Fresch nit mehr
Un traamt mit off'ne Aag' vun kinft'ge Zeide,
Vum Rosegaa'de seine Herrlichkeide!

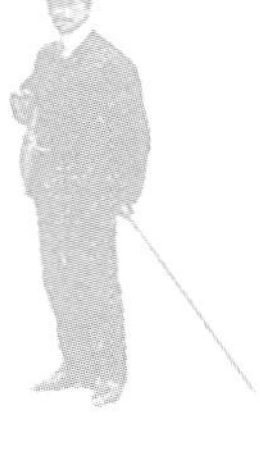

# Benzwagen.

Draus' rast's un bloost's – 'n jeder rennt
Un alles froogt, wo brennt's?
Do fliegt mit 60 PS schtolz
'N Wage her vum Benz.

Un Dag un Nacht klingt uff d'r Gaß'
E Notsignal, ma' kennt's,
Sie fahre rechts, sie fahre links
Die Wage all vum Benz.

Do schiebt's un schnaubt's und schteent's und schdinkt's!
Moderne Wunder nennt's
Die Welt – un macht vun selwer Blatz
De Wage all vum Benz.

Ma' saust damit ganz sorgelos
Durch jedi Landesgrenz,
Sogar mit Fahne, Blumme grießt
Die Wage ma' vum Benz.

Und wer nit weicht, werd iwwerrennt,
Ob Hihner, Sai, ob Gäns –
Selbscht iwwer Leiche geht d'r Weg
Der Wage oft vum Benz.

Loß' fahre hin! Die Welt, die g'heert
Heit d'r Intelligenz,
Un wer noch langsam laafe will,
Braucht Wage nit vum Benz.

Mit greeschder Kraft und kleenschder Zeit
Schlägt ma' die Konkurrenz –
Selbscht in de Himmel fahre kann
Mit Wage ma' vum Benz!

*Jakob Strauß*

# Unser Kinner.

130 • 131 Die Kinner sin wie Blumme
Un g'heere so gepflegt,
Daß se zum Blihe kumme
Un jed's aach Frichte trägt.

Mit lese, rechne, schreiwe,
Do is's nit gedhan,
'S g'heert halt zum Blihtetreiwe
Licht, Luft un Sunn' noch dran.

Doch englisch un franzesisch
Un griechisch hinnenooch –
Do werd verlernt, des wees ich,
Zum Schluß die Mudderschbrooch.

Wollt ihr keen Treibhausplanze,
Dann fihrt die Kinner 'naus
Zum Schbiele, dummle, danze –
Dann wachse se sich aus.

# Unser Faasnacht.

Die Gasse sin voll Schnee un Eis,
Ma' schnaddert selbscht daheem.
Die Leit sin zugeknebbt, verschnubbt,
Un alles ärgert eem.
Do will mit Himmelsgawe
'N froher Geischt uns lawe:
Die Faasnacht, die is widder do!
Die Kapp' uff's Hern gedrickt!
Heit is norr der verninfdig g'scheidt,
Der wo mit uns verrickt!

Un raacht 'r d'r un bischt nerwees
Un fehlt d'r's an Humor –
Die Kapp' uff's Hern, du kummscht d'r dann
Wie neigebore vor!
Du peifscht uff all deine Sorge,
Dann heit is heit – nit morge!
Was wees ma' dann, was schbäder kummt,
Ob's krumm geht odder grad,
Un ob ma's große Los gewinnt –
'N Narr, wo do druff waa'dt!

So zieht die Faasnacht bei uns ein,
Die Mensche atme uff
Un denke: dummi, kaldi Welt,
Steig uns de Buckel 'nuff!
D'r Frohsinn kummt gezoge,
Die Grille sin verfloge!
Ob ledig, ob im Ehejoch,
Ob gar nix druff, ob reich,
Ob Buwe, Mähdle – heit do sin
Mir allmi'nanner gleich!

*Jakob Strauß*

Gekatzebuckelt werd heit nit,
Dann unser Zeit is doll;
Mir rässoniere frisch druff los
Un nemme's Maul recht voll!
Do kummt for die, wo's heere,
Die Wahrheit aach zu Ehre!
Keen Groll, keen Haß – an Geischt und Witz
Erfrischt sich Groß un Kleen,
Der wo keen Schbaß verschtehe kann,
Der soll zum Deiwel gehn!

D'rum freet eich an d'r Narrezeit,
Die Glick un Friede hot,
Am ledschde Aschermiddwoch macht
Die Welt jo doch Bankrott!
Heit winkt noch Saft d'r Rewe
Un Luscht un Freed am Lewe!
Die Gleeser her un drinkt se leer,
Hinkt aach 'n Kater nooch –
'S is eenmool Faasnacht norr im Johr,
Un unser Faasnacht – Hoch!

# Zum neie Johr.

Wann's vum Parrdorn zwelf' heit schlägt
Is des Johr vorbei,
Un mar schreibt zum erschtemool
Neinzehnhunnerdrei.
Glockeklang un Gläserklang,
Alles lacht un schreit –
Wie 'n froher Erdegruß
An die Ewigkeit.

– 'S is e eig'ni Einrichtung
Die Sylveschternacht,
Wann gemidhlich 's alde Johr
Feierowend macht.
Wie 'n Schbeisbu, grad am zwelf'
Heert's zu schaffe uff,
Uff die Leeder krawwelt dann
Glei'n ann'rer nuff.

Ruff un 'runner rutscht die Welt,
Alles, Kleen un Groß
Im Gedräng. Gewinne will
Jeder's große Loos.
Ach wie dumm! Zufriede' sein,
Lebt sich's gar nit schwer;
Schenkt der drowwe G'sundheit noch –
Is mar Millionär!

Neijohrsnacht! Der een verschlooft
Ganz dr Zeide Gang,
Un im Schnarche heert 'r nit
All de Glockeklang.
Schtill vor sich 'n ann'rer wacht
Denkt un hofft un ringt,
Iwwerheert de Neijohrsgruß
Der do drauße klingt.

*Jakob Strauß*

Rickwärts gucke soll mar nit,
Wammer vorwärts laaft –
Owacht gewwe heeßt's, daß mar
Sich keen Sorge kaaft.
Keener nimmt de Kasseschrank,
Waage mit un Pferd,
Wann 'r 's allerletschte Mool
Zwelfe schlage heert.

Beeses winsche derf mar nit
Selbscht seim ärgschte Feind;
So lang soll mar lache, bis
Mar vor Lache greint.

Menscheloos – e bissel Glick
Un e bissel Bech,
Scheene Redensarde viel
Un dabei viel Blech,
Un e bissel Lieb un Trei,
Schaffe, wie sich's g'heert,
Un e scheeni Grabredd dann –
War's dr Mih aa werth?

Kinnerlache, Eldernglick,
Scheener Dameflor,
Volle Gleeser – Bretzel, groß
Wie e Scheierdhor,
Uff'm rechte Fleck sein Herz,
Offe Hand un Aag';
So soll sein die Neijohrsnacht,
So e jeder Dag! –

Fillt mer nochemool mein Glas
Bis zum Rand mit Bunsch,
Niwwerkumme will ich froh
Mit meim Herzenswunsch:
Vadderland un Vadderschtadt
Bliht un wachst, gedeiht,
Bleibt zufriede, g'sund un groß,
Bleibt so, wie 'r seid.

Wann's vum Parrdorn zwelf' heit schlägt,
Is des Johr vorbei,
Freehlich sei des neie Johr
Neinzehnhunnerdrei!

*Jakob Strauß*

***Das Mühlauschlößchen auf der Mühlauinsel am Rhein, beliebtes Ausflugsziel der Mannheimer im 19. Jh.***
*Kupferstich von Grape nach einer Zeichnung von Meyer, um 1840*

# Mannemer Schbaziergäng.

Kumm, Aldi, hol Dein Kapuz 'runner, mr wolle noch e paar Gasse laafe; kannscht aach de Baraplee, awwer de alde, zur Vorsorg mitnemme." So hot als in frihere Zeide dr Vadder zu dr Mudder nooch'm Nachtesse g'sacht – un dann sin se gemiedlich um's Quadrat 'rumgeloffe un hawwe währenddem alle Neiigkeite vum ganze Vertel erfahre. 'S Seitze ihr Dienschtmädel kann widder uffziehe un schrubbe; sie hot'n Umlaaf am linke Daume g'habt, 's wär awwer jetz ganz vorbei. 'M Lenz sein Buwe hawwe widder Hibb' krischt in d'r Schul un 'm Knieriem sein Dochder dhät sich wahrscheinlich – 's derft's awwer noch keen Mensch wisse – uff die Weihnacht verlowe. Am Nochbarhaus sin grad die Mischtkeenig von Ilwese ang'fahre, mit ihre scheene, dunkelblooe Mäntel, un die sin aach noch g'froogt worre, wie's'm Berchermeeschter geht und wie dr Duwack ausg'falle is – und dann is dr Vadder un die Mudder widder langsam heem un hawwe sich schloofe gelegt. Un glei druff hawwe se aach schun g'schnarcht.

So war deß friher. Heit sieht mr de Mannemer Bercher aach noch schbaziere laafe – 's is awwer doch e ganz anner Ding. Schtatt daß mr Sunndags gemiedhlich uff die Mühlau 'nausgeloffe is, fahrt mr heit nooch Heidelberg. Beim Einschteige schunn kann mr froh sein, wann mr 'n Platz krischt un wann mr in Heidelberg beim Heemfahre nit dodgedrickt werd, kann mr vun Glick sage. Fahrräder, wo mr noch nit emool zu trete braucht, sin ball nit mehr modern, un 'n Selbschtfahrer, der mit Benzin (weil er vum Benz iwer'm Necker is) gelade werd, hot ball jedes Quadrat. Wo soll dann deß noch 'naus? Ich glaab, die Been werre demnächst so iwwerflissig, wie'n Krobb.

*Jakob Strauß*

Vun denne Leit, die noch schbaziere laafe, fahre die meischte for zehn Pfennig mit'm Bembelwaage. Sie hawwe aach Recht. Do kenne se wenigschtens nit alle Rit schteh'n bleiwe un irchend was bedrachte. Zum Exempel so e neimodisch Haus – mit Eise un Schteen un ganz nackige Mädle un lauder große Köbb mit uffgeriss'ne Mäuler! Friher hätt unser Baukommission so was gar nit zugewe. Awwer – deß neimodisch Haus g'fallt mr. Annere scheint's aach, dann hab ich noch keen dort g'sehe, der de Kobb g'schittelt hätt. Keen Wunner, schteife Häls krische se, vum 'nuffsehe! Unrecht is's awwer, daß se dr Madam, wo uff'm Dach hockt, so gar nix angezoge hawwe! Die werd scheen friere im Winter. Un dann: warum dreht se dann ihrer Kollegin uff'm Wasserturm grad de Ricke zu?

Iwwerhaupt – was hawwe dann die Weiber so hoch do drowwe zu dhun? Sie solle uff'm Bodde bleiwe, wie die Mannsleit – so war's friher. Awwer seit die Mannsleit selwer nix wie owe 'naus wolle, wolle die Weibsleut mit. Und daheem losse kann mr se halt aach nit immer. – Alles will in die Heeh, ob uff's Rothaus odder uff de Rigi, nit wege dr Luftverännerung, bei Leib nit, nee: norr wege dr heehere Schtellung un 'm heehere Verdienscht. Do jage se, do schbringe se, do ringe se, do werd sich vorgedrängt, ricksichtslos – wie bei de Wettrenne draus: e jeder will dr Erschte sein!

Vun Schbazieregehe is also fascht keen Redd mehr; e Wettrenne is 's um's Geld, un wer b'scheide un gemiedhlich sein Weg weiter laaft, der is im Nu vun de Annere iwwerholt. Selbschtverständlich werd'r tichtig ausgelacht dazu. – Entwedder er bleibt zurick, odder er muß mitrenne. Un wer dann zuerscht sein Nas durch's Ziel schtreckt, der hot gewunne.

Der krischt 's Geld un Ehrezeiche un Orden. Manchmool muß'r 'n awwer widder hergewwe un krischt die Ehrezeiche genumme un sein Geld dazu. Dann kann 'r e paar Johr gemiedlich ausruhe vun dem wilde Renne – un derf Dutte babbe.

Warum also die ganz Rennerei? Warum bleibt mr nit uff'm Bodde, do, wo eem dr liewe Herrgott hing'-schtellt hot? do kann mr aach e bissel weiter schtre-we, do kann mr sich aach vergreeßere, ohne glei de Greeßewahn zu krische. Awwer Alles will 'nuff, in die Heeh. Am liebschte dhäte se mit'm Luftbal-lon 'rumkutschiere un uns arme Menschekinner, die wo sich so was nit leischte kenne, alle Ritt uff die Köbb schbucke. 'S werd 'ne awwer als gedhan dafor! Die gud' ald' Zeit der ehrsame un biedere „Pardikilieh" is vorbei. Mit e paar Dausend Mark werd heitzudags 's greeschte Haus in dr öschtliche Schtadterweiterung gekaaft, un „Tirektor" werre is leichter, als Gäns einkaafe. Becker un Metzger losse sich in Terrainschbekulatione ein un mancher Babbensel, der heit Uffsichtsrot is, weeß nit mehr, was Makkelatur is.

Un wann dann dr große Krach kummt, dann is's aus mit'm Schbazieregehe, -reite, -fahre, -auto-mobile. Dann hocke se. Entwedder daheem, odder drowwe.

Warum also die Rennerei? Deß weeß keener, un wann ich noch so oft froog. 'S is halt emool so – awwer lang kann's so doch nit weiter geh'n; die Zeit werd aach emool widder kumme, wo dr ehrliche Mann widder was gelde dhut, wo B'schei-deheit un Zufriedeheit keen Raridäte mehr sin, wo mr – mit eem Wort – widder gemiedlich schba-ziere geh'n dhut.

*Jakob Strauß*

***Volksfest auf der Mühlau 1864.***
***Das Schlößchen von der Gartenseite gesehen.***
*Lithographie von A. Fratrel, 1864*

Jakob Strauß

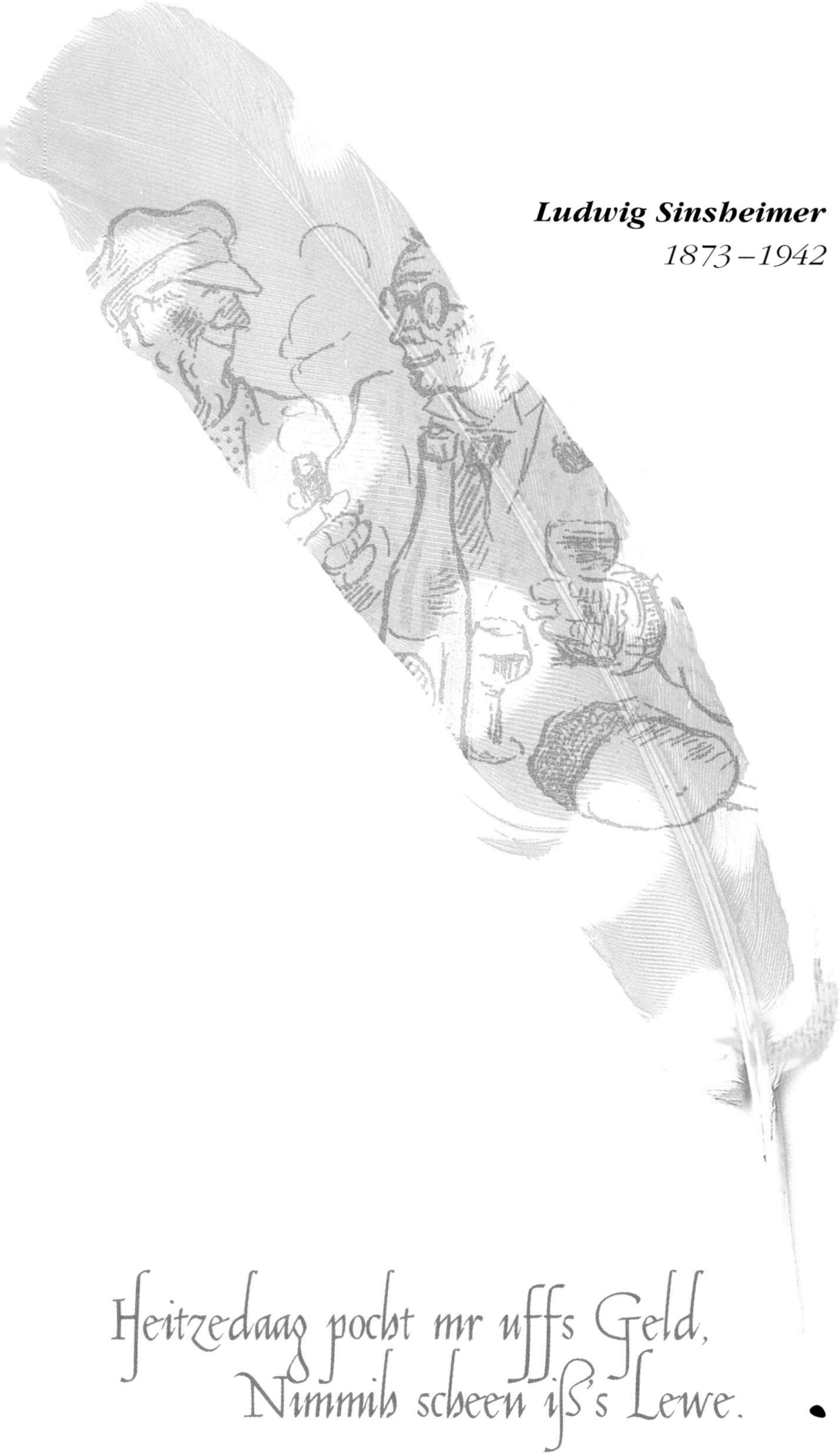

**_Ludwig Sinsheimer_**

*1873–1942*

Heitzedaag pocht mr uffs Geld,
Nimmih scheen iß's Lewe.

# Die Woch vor'm Worschdmark.



Dorch die Luft ziehn Schbinnewewe,
Schwalwe zwitschern Abschiedsgrüß,
Zeidlos blüht zu korzem Lewe,
Feier lodern uff dr Wiß.

Flinke Händ vun schwere Waage
Hewen Balk unn Brett erunner,
Zauwern hi(n) for wennig Daage
Kreuz un quer en große Blunner:

Hütt unn Schtänd unn viel zum Gucke,
Reidschul, Schießschdänd, Hibbodram,
Allerlei, was dreibt die Mucke,
Aus de Beirel ziehgt de Raam.

In de Schdadt e großes Metze,
Backe, Broore, Rühre.
Mensche sieht mr nor so hetze,
Um ehr Werk z' vollfiehre.

Bacchus Gab' in Faß unn Flasche
Werd for's Feschd gebrobt;
No'm Feinschde dun se hasche,
Was jo werd gelobt.

Seid dr Dietrich Erelblud
Uewwern Mark kredenzt,
Sinn die Annre uff de Hud,
Kummen noogeschwenzt.

Gure Drebbcher üwwerall.
Was die Sunn dr Haardt
Rauslockt aus 'm Erdeball,
Findt mr doo gepaart.

Floddi Musik in sei(n) Hütt
Jerer sich verschreibt,
Sendt zum Herrgodd noch e Bidd,
Daß gut Werre bleibt.

Ei(n)gelad vunn Süd unn Nord
Vedder unn die Baas.
Ausgezooge werd de Lord,
Ausgeraabt die Kass.

Jetzderd kann des Feschd beginne,
Alles iß barat.
Worschdmarksfiewer packt die Sinne,
Doll sinn Knecht unn Maad!

*Ludwig Sinsheimer*

Von LUDWIG HARTMANN

Do hocken se in eenre Reih:
Von Laudere de Schlosser Nei,
De Peter vun de groß Fawwrik,
Vun Dannefels de Benedik,
Vun Speier en Regierungsrat,
De Knoll vun Neustadt an de Haadt

Vun Weiserem de Chrischian Süß —
Er hannelt, glaaw ich, mit Gemies —
Vun Mannem de Herr Rosendhal,
Vun Munnerem de Schmitze Kaal,
Vun Hetterem de Kellebenz
Unn noch en Herr vun Bermesenz —

Uff eenere Bank in eenere Reih
Unn Fraa unn Kinner noch debei!
Unn kenns hot's annre 'je gekennt
All knotschen se sich heit die Händ:
„Proscht, alder Freind!" heeßt's immer
O Pfälzerland, wie schön bischt du!

***Offizielle Wurstmarkts-Postkarte***
*Lithographie von Karl Jossé*
*Judde unn annere Leit*
*vereint in Pälzer Gemiedlichkeit*
*um 1925*

# Worschdmarksdreiwe.

Kaum faßt ehm die Brijjelwiss,
Mit Haut unn Hoor iß mr verlore!
Jerer kriet do glei's Geriß,
Halwe werren ganze Schoore.

Uewwich alle Gsichter schbinnt
De Kobold sei(n) Färem aus,
Härtschde Herzer er gewinnt,
'S letschd Quint Dollheed holt 'r raus.

Aa(n)schluß findt jo jerermann
An die schdillschde Evasribbcher,
Bennelt muurig mirren aa(n);
Gejeseirig schlaat mr Schnibbcher.

Er vunn „Frankfort" dumm sich schdellt,
Erschdmools uffm Worschdmark iß 'r.
Eng sie ihm sich zugesellt,
Führt den simble Schtadtgenießer,

Weißt'm alle Raridäde,
Loßt'n kaafe, was ehr baßt,
Ziehgt 'm aus 'm Sack die Kräde,
Wie 'r waarm werd, iß 'r g'schaßt.

In dr Meng verliert s'n dabber
– Annre lauern uff die Frazz –
Henkt sich ei(n) me jüngre Schnabber,
Gibt 'm glei e saft'ge Schmatz.

A mei(n) gurer, alder Sebbel
Mit seim blodde, dumme Schärel
– Wißt's sei(n) Evche, gebt's Ebbel –
Macht sich raa(n) an jeres Märel.

*Ludwig Sinsheimer*

Owends gar im Krees erum
Loßt 'r dutzendmool se fahre,
Merkt gar nit, wie um unn um
Sich die Läschdermäuler schaare.

In de Buude Kobb ann Kobb
Beire Broodworschd umme Schobbe
Orrer beime Lewwerknobb
Hocken se unn dhun sich fobbe.

Mit de Mäd, wu dorch sich dränge,
Kitzeln se mit allerhand,
Sorjen, daß s' die Köbb nit hänge,
Walzen aa mol rum mittnand.

Flaschewei(n) unn Schambusbuud
Rufens „bessre" Publikum;
Holt sich dort de rechde Mut
For des groß Bimborium!

Ann de Schubbkärch awwer woogt
Unn bulsiert 's am Allermee(n)schde,
Eener do de anner froogt,
Wer schenkt des Johr aus de Scheenschde?

Ee(n) Gemee(n), ja ee(n) Familie
Bildt zesamm die Worschdmarksblooß
Im Gedräng, in dr Quadrillje,
Hinnerm Glaas, dr Fessel los!

# Am Borzenellekaschde.

Ach, wie freet sich 's Baschderle,
Daß 's derf uff Derkem heit,
Zu seim liewe Kaschberle,
Wu sich schdauen alle Leit!

Seid ihr alle da, so ruft es,
Habt ihr alle Geld?
'S gibt jo gar nix Schöneres
– Hör ich's – uff dr Welt!

Wann es aa(n)fangt zu verzehle
'S Kaschberle vunn Krieg unn Schlachte,
Mit seim Schwert not aus dut dehle
Feschde Püff unn beese Drachde,

Brijjel uff de grimmig Feind,
Der ins Land iß ei(n)gefall.
'S Baschderle uff eemol greint.
Hätt 's sei(n) Vadder nit gehall,

Wers 'm dabber ausgerisse,
Fortgeschdärmt vor laurer Aengschd,
Weil es glaabt, 's werd kumme misse
– Hi(n) iß drowwe alles längschd –

Uff die Leit, wu hunne schdehe.
Doch de Vadder es beschwichdigt:
Dummer Bu! jetz fort se gehe
Brauchschde nit! 's iß gar nit richtig

Ernschd, was 's Kaschberle do macht.
All die Leit, wu 's hott gekebbt,
Lewen noch. Die ganze Schlacht
Schbaß war's unn nor uffgeknebbt.

*Ludwig Sinsheimer*

Wann 's de dumme Aujust schbielt
Orre de verliebde Kader,
Wann 's sei(n) große Dorschd geschdillt
Unn dann babbelt wie'n Brokrader,

Lacht unn wälzt sich die Gemee(n),
Alt unn Jung in Freededräne.
Nie wärs noch geweßt so schee(n)
Hört mr 's unisono tääne.

Gell! Do werd mr wirre jung,
Aldersunnerschidd verschwind!
Krieje kanns gar nit genung,
'S große unn des kleene Kind.

Unn so scheekt dr sei(n) Humor
Schdumpsinn, Leed unn Sorje wegg.
Ja, ich bin dr gud defor,
Jeri Kranket geht zereck!

# Friedel unn Luddel uff'm Worschdmark.

Drei Nächt' schunn wälzen sich in ehre Beddcher
Unser zwee wußlige, goldige Gröttcher,

Dreemen vum Hoddedaul, Pupp unn dr Flind
Unn was ehr schneekig Mäulche Leckeres find.

Mit uff de Worschdmark derfen se dabble,
Kee(n) Minud lossen se aus mitm Babble.

Wollen wisse vum Daschberle, Reidsul unn Bär
Unn ob wirre die droß Slang do wär.

Ball muß Vadderle eens hozzle, ball draage,
Wie Friedel orre Luddel aa(n)heebt ze klaage.

Mit Schneckeschridd endlich errecht mr die Wiß.
Dem Vadderle iß's schun jetzerd mies.

Durch die viele, viele Mensche mit Müh'
Schlebbt 'r se hi(n) zum Hoddehüh.

Noch Herzensluschd derfen se reire unn fahre
Im Scheesel. Dann geht es zum wahre

Jakob, der mirr'n sei(n) Schbässel macht.
Beim Daschberle henn se sich ausgelacht.

Unser Buwel verlangt jetzt dabber sei(n) Drache,
Um deheem Zebbelinches mim Friedel ze mache.

Unn's Meedel, schunn lang sichs freed uff sei Bobb,
Griet e Liesel, wu standhalt 'm härtschde Geklobb.

Unser Luddel will dann Sokoladzigarr raache,
Noch'm Bäredreck schdeht unser Friedelches Maage.

*Ludwig Sinsheimer*

Uff eemol ziehn fort se mit Flenn unn Geschdrambel
Ehr Vadderle vor dem wüschde Butzedambel,

Der mit glürige Aage unn heeßrem Gekrisch
Die Leit loodst in sei(n) droßi Hexekich.

Ummesunscht sucht'n 's Vadderle auszeredde
Ehr Aengschd. Alle beed se sich bedde

Hinner sein Rock. Dann hoch er se hebt;
Mit Verzicke gucken se, wie ardig hi(n)schwebt

Uff'm hoche Sääl, in de Hand die lang Schdang
Im fleechige Driko e Mädel uhn Bang.

Meine kleinen Herrschaften, fotografieren!
Ruft eener, bitte sich nicht zu schenieren!

Lieb' Vadderle, m'r missen e Bildche hawe
For's Mutterle, des werd satt sich draa(n) lawe,

So beddeln se. Seine Grodde de Wille gern
Dud's Vadderle. De Luddel als drooßen Herrn,

Die Friedel als feines Fräulein sich sehn
Rasch uffm Bordrätsche beinanner stehn.

Uewwerdem werd 's dunkel, die Nachdeile dumme,
Vum Sandmann die Bobbecher gfange genumme,

Uff die Aerm leggt de Vadder se friedlich se zwett.
Sie dusseln in dr Bahn, deheem unn im Bedd.

Im Draam noch de Worschdmark spinnen se fort
Unn knäwwern unn däwwern, als weren se dort.

# Bei de Schubbkärchler.

Drüwwe, wus zum Lichtbad geht,
Uff gemeene Bredder
– Hie unn do e Zelldach weht –
Hocken Baas unn Vedder.

Sie in ehrem Sunndagsschdaad,
Er in Wamms unn Käbbche,
Dischkurirn no Pälzer Ard,
Glucksern schdramm ehr Schebbche.

Ziehgn aus'm Sack eraus
Blunns unn Schwardemaage,
Knorze aus'm eegne Haus;
Maa(n)schens mit Behaage.

Aus de Fäßcher laaft e Saft,
Schmackt wie Hunnigseem,
Sei(n) gewald'ge Zauwerkraft
Leicht ehm noch bis heem.

Zu 'm Vedder unn de Baas
Lockt se Dam unn Herre.
Sinn besetzt dann Bänk unn Faß,
Heeßt's im Schdeh ehn schnerre.

Ausm Kessel koscher Wörschd
Holt mr sich in Meng,
Werzig for die ärgschde Dörschd,
Drückt sich dorchs Gedräng.

Lauschd de Musikandewees
Orre Brimadunnesang,
Schlänkerts Märel rum im Krees,
Schdimmt a ei(n) in Nochbers Klang.

*Ludwig Sinsheimer*

Wann de „Kunrad“ macht die Rund’
Unn de Hilwert luschdig kreest,
Fliegen peilgeschwinn die Schdund’,
Werrn die Gorjle ausgeschweest.

Owends beime dürftge Schei(n)
Bloosen immer noch die Feschde,
Neier ziehgt noch keener ei(n),
Zeirig sinn jo nit die Keschde.

Bitzler drinkt mr nor in Reime
In des Dichters Fandasiee,
Bitzler Räusch sinn nix als Schäume,
Räusch dut mr vumm Neie krieje!

***Grußkarte vom Dürkheimer Wurstmarkt 1899***
*mit Grüßen von den Eltern des Mundartdichters Hanns Glückstein und ihrem damaligen 11jährigen Söhnchen. Die Abbildung zeigt die typischen Schubkarchstände des Wurstmarktes.*

# Die Kehrseid vum Feschd.



Hinnerm ärgschde Druwel
Aus 'me alde Waage
Guckt eraus e Buwel,
Sei(n) Aejelcher fraage,

Wu de Vadder wirre bleibt
– Die Mudder so krank –
Nimmih lang s' 's dreibt
Bei dem Schdreid unn Gezank.

Wann de Vadder groddevoll
Jeren Owend schderzt erei(n),
Unn die Mudder fiewerdoll
Aus 'm Bett schdooßt Schmerzensschrei.

Unn 'm vorschdellt ehri Nod,
Siwwe Mäulcher, nix se naage,
Des wer ball ehr sichrer Dod,
Dut in eenem fort se klaage.

Die Minut verleicht geloobt 'r
Sich ze bessre unn ze sorje,
Doch am annre Daag dann dobt 'r
Wirre gradso, loßt se borje

Orre beddle uff de Wisse,
Setzt sich hi(n) zum fesche Weib.
Schwer hott 'r 's verdiene misse,
Leicht laaft's fort beim Zeidverdreib.

Sei Kinnercher hungre,
Sei(n) Fraa siecht dehi(n),
Derweil er dut lungre,
Sei(n) Geld hängt ann „sie".

Drauße grad zum Fenschder naus
Werft mr's Geld in Haafe,
Drinn derweil – o arger Graus –
Fehlt's for Brot ze kaafe!

## Ludwig Sinsheimer –
## Gedenksteine am Fuße der Pyrenäen erinnern an ihn.

***Ehrenmal für die Toten des Konzentrationslagers Noé***

*Es trägt die Inschrift:*
*„...Wer gäbs, mein Haupt wäre ein Gewässer, meine Augen ein Born der Träne, Tag und Nacht wollte ich beweinen die Durchbohrten der Tochter meines Volkes!“*
*Jeremia VIII, 23*
*(in der Übersetzung von Martin Buber).*

*Den Opfern von Nazismus und Rassismus.*
*Den Toten des Lagers Noé, 1941–1943.*

*Die Aufnahme wurde von Herrn Oskar Althausen, Mannheim, zur Verfügung gestellt.*
*Ihm gelang am 28. 11. 1943 die Flucht aus dem Lager Noé.*

## Ein Pfälzer Mundartdichter entlarvt den Antisemitismus.

Schon lange bevor der Judenhaß in Deutschland sein Unwesen trieb, hatte ein Pfälzer Mundartdichter den Antisemitismus entlarvt. Es war der Forstrat Eduard Ney (1841–1915), der als überzeugter Demokrat offen die Mißstände seiner Zeit geißelte. Er tat dies in einem aufschlußreichen Gedicht mit dem Titel „Der Antisemitefranz“, enthalten in dem Gedichtband „Lieder und Reimereien des alten Grünrocks aus der Pfalz“, erschienen 1896 in Straßburg. Bezeichnenderweise erschien im gleichen Jahr von Theodor Herzl „Der Judenstaat“, eine Reaktion auf den auch in Frankreich feststellbaren Antisemitismus.

Eduard Ney beschreibt in seinem Gedicht einen ausgemachten Judenhasser „un ging's ihm nooch, do dät noch heit mer alle Judde henke“... Man kann es kaum fassen, wie sich hier in aller Deutlichkeit die später hereinbrechenden Schrecken der NS-Zeit in allen Schattierungen abzeichnen. Das Gedicht bedarf keiner weiteren Kommentierung. Es leitet zu jener Zeit über, in der das Recht gebeugt und Menschen wie Freiwild gejagt wurden. Kurt Bergs Dichtungen sind ein Zeugnis dafür.

# Der Antisemitefranz.

Antisemite gebt's genunk
In alle deitsche Länner,
Doch so verrickt, wie mein Freind Franz
Im Elsaß, is doch känner.

Wann der e Judd vun weitem sieht,
Heert gar er sein Gediwwer,
Do geht em, wie 'me wälsche Hahn
Vor Wut die Gall schun iwwer.

Bei jedem Unglick, wu bassiert,
Dut er an Judde denke
Un ging's ihm nooch, do dät noch heit
Mer alle Judde henke.

Kän Mensch kummt bei em uf die Jagd,
Un wär er noch so mächtig,
Wann er aach nur e bissel is
Dem Name noch verdächtig.

Häßt äner Goldstän, Rosedal,
Erlanger oder Speyer,
Saphyrstän oder Morgeschtern,
Sogar nur änfach Maier,

Er nimmt en nit mit uf die Jagd,
Hot er zevor nit g'schwore,
Sein Urgroßvadder, der wär schun
Als deitscher Chrischt gebore.

De Reichsherold muß iwerdem
Als Zeitung er sich halte
Un muß die letschte Quittung stets
Als Urkund bei sich b'halte.

*Eduard Ney*

Die Itzig, Levy, Aaron, Kohn,
Die Salme un Genosse,
Die sin bei ihm vun vornerein
Vum Jage ausgeschlosse.

Bei denne helft's Abonneman
Kän Bohn uf all die Blätter.
Er secht: „Sin sie kä Judde mehr,
So ware's doch ihr Vädder.

Ob se gedaaft sin oder nit,
Des dut mich nit bekimm're.
Kän Herrgott kann aus Juddefläsch
Germane jemols zimmre."

Daß er bei Judde nie was kaaft,
Dut sich vun selbscht verschtehe
Un mißt er for e Zippelkapp
Bis Stroßburg nunner gehe.

Bei der Gesinnung kann em jo
E klänes Bech nit fehle.
Än's awer is em letscht bassiert,
Des will ich eich verzähle.

Er war im siebz'ger Johr Soldat
Un käner vun de schlechte.
Er hot aach domols mitgemacht
E ganzi Mass' Gefechte.

Sein Regiment, des hot bei Metz
E Denkmool losse baue.
Er is nadierlich hingeräst
For des sich zu beschaue.

Er hot bei der Gelegeheit
Des Schlachtfeld abgeloffe
Un unnerwegs en gute Freind
Aus Metz dort angedroffe.

Dem hot er allerlä verzählt
Vun seine Heldedate
Un vun de Judde hot er g'sagt,
Des wäre kän Soldate.

Die däte sich als in der Schlacht
Am erschte Grawe dricke.
Am g'scheidtschte wär's, mer dät se all
Uf Paläschtina schicke.

Doch in sein'm äg'ne Regiment,
Do hätt's kän Judde gewe.
For ihn wär' des die greeschte Fräd,
Wu er noch hätt im Lewe.

So kumme se ans Monument
Un dodruf steht zu lese,
Wie die, wu dort gefalle sin,
Im Lewe hen gehäße.

Es is e aarig langi Reih'.
Der Sieg, der war dort deier,
Un Name finnt mer allerhand,
Sogar de Itzig Maier.

E Veilchestock war aach derbei,
E Blum, e Heideheimer,
E Aaron un e Liliendal
Un aach e Wacheheimer.

*Eduard Ney*

Wie des mein gutes Franzel liest,
Do iss er wietig worre
Un kreischt: „Hen die dann nit genunk
Am Schmuse un am Schnorre,

Am Kälberhannel, Wucherzins
Un am Profitche suckle?
Jetzt dun die Lumpe sich sogar
Uf unser Denkmol schmuggle!"

Der Freind hot awer zu em gsagt:
„Du kannscht dein Wut der schpare.
Aus Frankfort schtammt dein Regiment,
Wu immer Judde ware.

Un is was sunscht du noch verzählscht
Vum Juddevolk nit wohrer,
Do bischte selbscht, so scheint mer's fascht,
E ungerman'scher Schnorrer.

E Deitscher, der dut liege nur
In seine Jagdgeschichte,
Im Iwrige do redt er wohr
Un dut nie was erdichte."

***Federzeichnung ohne Titel***
*von Hans Fischer-Schuppach,*
*um 1944*

**Kurt N. Berg**
*1910–1960*

Dann kam die Trennung,
kam der große Strich,
Ein hart Geschick führt'
mich aus eurer Mitten.

# Den Judenhassern

Und wenn ihr tausendmal mich niedertretet
Und mich bespeit und martert bis zum Tod,
So könnt ihr mich doch nicht verletzen,
Die Seele leidet keine Not:
Ist entrückt euren Armen
Durch himmlisch Erbarmen.

Nur ihr, ihr werdet Schaden leiden,
Nur ihr verwirkt das wahre Heil,
Es bohrt in euren Eingeweiden
Der Hölle giftgetränkter Pfeil:
Ohnmächtige Hasser, wir sind euch entrückt,
Nur scheinbar erniedrigt,
Nur scheinbar gebückt.

*19.12.1934*

***Kurt N. Berg***

# Gebet



Ein neues Licht laß' scheinen
Auf unsern dunklen Pfad,
Damit wir nicht mehr weinen
Im Schatten Deiner Gnad'!

*4. November 1946*

# Chanukkah 5698

Vor diesen stillen Lichtern laßt uns träumen,
An ihrem lichten Schein uns freuen
Und endlich, endlich einmal innehalten,
Um mit den Kindern wieder Kind zu sein.

O, laßt uns wieder an ein Wunder glauben:
– Es komme bald, in unsrer Zeit –
Und flehentlich laßt uns die Hände falten
Um Kraft im Makkabäerstreit.

Herr, Herr, in uns entzünde Lichter,
Daß wir verbreiten ihren Widerschein.
Sei kein gerechter, sei ein gnädiger Richter
Und nimm uns auf in unsrer Pein.

Vor diesen stillen Lichtern laßt uns träumen,
An ihrem lichten Schein uns freuen
Und endlich, endlich einmal innehalten,
Um mit den Kindern wieder Kind zu sein.

***Federzeichnung ohne Titel***
*von Hans Fischer-Schuppach,*
*um 1944*

*Kurt N. Berg*

# Muttersprache



Dieser Sprach' bin ich verhaftet,
Kann mich nicht von hinnen reißen;
Steht es denn in dem Belieben,
Ward es mir nicht angeheißen?

Hier zu singen, hier zu sagen,
Ward es mir nicht aufgetragen
Von ihm, der alle Sprachen schuf,
Den Weg zu ihm zu weisen, mein Beruf?

Denn alle Sprache ist doch
Weg zu Ihm
Und Ehrfurcht gegen jede
Ist' s, was sich geziehm'!

So wie ein Ton verklingt,
So wie ein Hauch verweht,
So bist du Menschenkind:
Nur Spreu, nur Spreu.

Der Sturmwind bläst
Und wirbelt dich empor,
Dann liegst du wieder,
Staub für lange Zeit.

Wenn dich der Gnade
Tau nicht netzt,
So sproßt aus dir
Kein Grün, kein Wachstum auf,
Denn du bist ja
Nur Spreu, nur Spreu.

# Zurück an unsern Rhein

Herr, laß uns hier nicht enden,
In diesem Land der Pein.
Führ' uns an Deinen Händen
Zurück an unsern Rhein.

Ach meine müden Füße,
Sie tragen mich nimmer heim,
Drum bringt meine letzten Grüße
Meiner alten Mutter daheim.

Sagt ihr nie, was ich gelitten
Und wie mich die Fremde zerschlug,
Sagt ihr, daß ich tapfer gestritten,
Das ist für sie genug. –

Ich hätt' sie gern noch gesehen,
Geküßt ihre welke Hand, –
Es sollt eben nicht mehr geschehen,
Grüßt mir mein Heimatland!

*10.9.1940*

*Kurt N. Berg*

# Für Michael

172 • 173 Die kleine Hand in meiner Hand
Spannt sich zum Griff für morgen.
Die kleine Hand in meiner Hand
Muß kämpfen und muß sorgen.

Solang' sie meine noch umspannt,
Kann ich sie schützend halten;
Doch schwächer wird mein Griff und alt,
Kein Schutz vor den Gewalten.

Die kleine Hand in meiner Hand,
Wird sie das Schwert einst führen?
Wird Fried' ihr Teil, und Tüchtigkeit
Und Ehre ihr gebühren?

Die kleine Hand in meiner Hand,
Sie bindet mich ans Morgen.
Ein besser' Land, ein besser Los
Möchte' ich für sie besorgen.

# Zu Goethes Geburtstag

Wer wird wohl heut' an deinen Festtag denken,
In jenem Land, zerrüttet und verrannt?
Wer wird dich lesen und sich treu besinnen,
Wie sehr das deutsche Wesen sich verkannt?

Denn wenig Hoffen ist, und sehr viel Harren,
Auf einen neuen Tag, auf ein neues Licht.
Er steckt im Dreck, der gute deutsche Karren,
Und die ihn dorthin brachten, helfen sicher nicht.

Vielleicht, daß eine Stunde schlägt,
Wo du noch einmal könntest führen;
Denn wer das Bitterste erträgt,
Dem muß ein Platz in dieser Welt gebühren.

*28. August 1945*

# Meersburg

174 • 175 Dort oben am Kaiserhäuschen,
Dort möcht' ich begraben sein,
Unter den deutschen Reben,
Unter dem deutschen Wein.

Im Zauberhauch der Droste,
Zu Füßen den Bodensee
Und gegenüber den Säntis
Mit seiner Kappe von Schnee.

Dort hab' ich zu lieben erfahren,
Dort möcht' ich sterben allein,
Unter den deutschen Reben,
Unter dem deutschen Wein. –

Und kehrt ihr ein dann beim „Becher",
Dort bei der Ofenbank,
Gedenkt auch meiner, ihr Zecher
Mit einem freundlichen Trank.

# Freischwebend

Die Welt, die mich trug, liegt in Trümmern,
Ich schwebe frei im Raum.
Wer wird sich um mich kümmern,
Kennt mich doch keiner kaum?

Ich gehe meine Straßen,
Einsam im Abendwind,
Suchend den Ruherasen
Für mich und Weib und Kind.

*Kurt N. Berg*

# Abschiedsfeier

176 • 177 So kommt nur in die gute Stube,
Die ihr mir nah im Leben wart.
Aufs Letzte, eh' ich fahr' zur Grube,
Hab' ich dies frohe Fest gespart.

So kommt Gesellen meiner Jugendstürme,
Kommt doch herein und leert ein letztes Glas.
Wir bauten Burgen, bauten Türme
Einst – eh' das Leben uns zerfraß.

Und hier ein Tropfen denen, die vorausgegangen.
Meint ihr, wir werden bald sie wiedersehen?
Mich greift ein mächtiges Verlangen
In ihrem Kreis mich zu ergehen. –

Und dann ihr Frauen, Frau'n fast ohne Zahl,
Die ihr die Stirn mir mit dem Kranz umwunden,
Der wahre Schmuck erst zu dem Mahl,
Ihr Trösterinnen trüber Stunden.

Wieviel ich auch um euch gelitten,
Am Ende sag' ich: es war gut!
Für euch hab' ich den Kampf gestritten,
Von euch nur kam mir oft der Mut. –

Am schwersten fällt es mir zu scheiden
Von der, die mit mir ging
Den ganzen Weg, und all die Freuden, unsre Leiden,
Ich acht' sie wahrlich nicht gering. –

Der Kinder und der Enkel Glück
Laß' ich zurück, –
Dazu auch meinen Sang.
Freunde, es ist nun nicht mehr lang!

So laßt uns freudig im Vereine
Die Gottheit preisen, der wir treu gedient.
Durch Lieb' und Freundschaft nur alleine
Sei unsrer Sünden Last gesühnt.

*Kurt N. Berg*

# Auf dem alten Friedhof zu Mannheim

178 • 179 Auf was auch diese Steine lasten,
Was deckt nun diese Erde zu,
Ihr dürft von euren Leiden rasten
Und habt den Frieden, habt die Ruh'.

Ich ging die Pfade unter alten Bäumen
Und zwischen euren Gräbern hin
Und lebe doch in andern Räumen,
Wo ich noch nicht zu Hause bin.

Hier hab' ich einst mit euch gelitten,
Dann kam die Trennung, kam der große Strich;
Ein hart Geschick führt' mich aus eurer Mitten,
Und hier nun liegt ihr – ohne mich.

Auf was nun diese Steine lasten,
Was deckt auch diese Erde zu,
Ihr dürft von euren Leiden rasten
Und habt den Frieden, habt die Ruh'.

*21.9.1958*

# Das Brot der Heimat

Das Brot der Heimat möcht' ich essen,
Das Brot der Heimat schmeckt so gut;
Doch haben sie mich längst vergessen
Und keiner kommt und macht mir Mut.

Hier in der Fremde muß ich bluten
Und keuchen unter schwerer Last,
Zwar sollte man es kaum vermuten:
In reichem Land ein armer Gast!

Das Brot der Heimat möcht' ich essen,
Das Brot der Heimat schmeckt so gut;
Doch haben sie mich längst vergessen
Und niemand kommt und macht mir Mut.

*Kurt N. Berg*

# Die übrig blieben ...

Wir sind die Erben von Scherben,
Wir sind ohne Gut, ohne Land,
Und zwischen Leben und Sterben
Sind wir ins Nichts verrannt.

Die Welt, zu der wir gehörten,
Sie liegt zerbrochen, zerstört,
Und außer unserer Sehnsucht
Ist nichts, das uns gehört.

Wir möchten so gern' wieder glauben
An ein Morgen, die neue Welt,
Doch wir sehen statt dessen nur rauben,
Und morden und lügen für Geld.

Ist das der neue Grundstein
Für einen besseren Bau?
Soll das der neue Grund sein
Für eine reifere Schau? –

Wir sind die Erben von Scherben,
Wir sind ohne Gut, ohne Land,
Und zwischen Leben und Sterben
Sind wir ins Nichts verrannt.

*14. März 1946*

# Jakobs Traum

Der mit dem Engel einst gerungen,
Der Ahnherr unsres Stamms,
Was ihm dereinst gelungen
Auf steilstem Grat des Kamms,

Das lass' uns wieder werden:
Des Segens vollstes Licht,
Sonst wandeln wir auf Erden
Und seh'n Dein Walten nicht. –

Noch in der Todesstunde fasse
Den lichten Saum des Kleids
Und ohne Segen lasse
Nicht ab vom Engelstreit!

# Abendinsel

Rudere mich zur Abendinsel,
Daß mit Feder ich und Pinsel
Nochmals Gottes Welt beschreibe.
Rudere mich zur Abendinsel!

*Kurt N. Berg*

# Zu Heidelberg

182 • 183 Auf der Terrasse hochgewölbtem Bogen
War ich noch einmal ein verstörter Gast;
Durchkreuzte Länder, überquerte Wogen
Und war, wie stets, in wüster Hast. –

Mein junges Hoffen war einst hier geboren.
Ich liebte hier; die Welt war grün.
Ist alles, was wir hofften, denn verloren?
Und kann die alte Eiche nicht mehr blüh'n?

Da ist der Ginko noch, und was er uns bedeutet,
Ist er nicht wahr mehr wie in alter Zeit?
Und selbst, wenn man zu Grab uns läutet,
Ist nicht ein neuer Lenz, wie stets, bereit?

*August 1958*

# In Schwetzingen

In Schwetzingen, wenn der Flieder blüht'
In purpur-tollen Dolden,
Da wandte sich mein jung Gemüt
Zum Schönen und zum Holden!

Ich ging im weiten Park umher
In Nischen und in Grotten,
Doch was einst war, das ist nicht mehr,
Der Faun, die Nymphen spotten.

Wo ist der Arm, der mich umschlang?
Wo ist dein Lieben geblieben?
Das alte Herz, es schlägt so bang,
Ist es dem Tod schon verschrieben?

Doch der berauschende Flieder blüht,
Als sei s noch derselbe Mai. –
Die Todesfurcht, ist sie verfrüht,
Das Schöne, Holde nicht vorbei?

*Kurt N. Berg*

184 • 185

Wenn unsre Toten zu uns kommen
In unser stilles Haus,
Sieh, daß das Feuer nicht verglommen
Und schließ' den Taglärm aus.

Sie sind unsre besten Gesellen
In öder Winternacht,
Laß deine Flamme erhellen,
Was sie dir zugebracht.

Sie heben die lieben Hände
Und winken uns lächelnd zu.
Die Liebe, sie hat kein Ende,
Sie gibt uns Wärme und Ruh'.

*3.12.1959*

## Oktobertag

So golddurchwirkt und blau
Der ganze weite Raum!
Und doch ein Streifen nur
Von Gottes Mantelsaum!

## Das Bleibende

***I.***

Alles wird in Staub zerfallen,
Euer Stolz und eure Stadt!
Warum daher all des Rühmens,
Was man längst vergessen hat?

Nur das Eine, das wird bleiben:
Unser Aufschrei, Herr, zu Dir
Und Dein gnadenvolles Neigen
Zu dem Bruder und zu mir.

***II.***

Nur des Reims juwelenklare Klammer
Wird umschließen, was uns widerfuhr;
Wenn von unsren Erdentagen
Sonst getilgt schon jede Spur!

*12.1.1960*

*Hans-Peter Schwöbel*

## Am Großen Strom: Linde und Feigenbaum

Versuch über Heimat und Dialekt.
Gedanken zur Bedeutung der Juden für die Kurpfalz.

*Essay*

*Was ich liebe, entsteht unaufhörlich.*
*Was ich liebe, befindet sich immer am Anfang.*[1]



## Weltbürgertum und Regionalismus

Der Präsident der Tschechischen Republik, Václav Havel, stellt fest: „Der Mensch, wie bekannt, ist keine Erscheinung an sich, deren Identität in keinem Zusammenhang mit ihrer Umgebung stünde und davon völlig unabhängig wäre. Im Gegenteil: Unsere Identität wird durch zahlreiche Schichten und Kreise dessen mitgestaltet, was im allgemeinen als unser Zuhause bezeichnet werden kann. Unsere Familie; der Kreis unserer Freunde oder unserer Glaubensbrüder, das Haus in dem wir leben; unsere Gemeinde oder unser Bezirk, einschließlich der Landschaft, die ihn prägt; unsere Firma oder unser Beruf; der Verein, in dem wir tätig sind; unsere Volksgruppe oder Nation; der Staat, dessen Bürger wir sind; aber auch der breitere Zivilisationskreis, zu dem wir uns durch unsere Wurzeln und unsere Geschichte zugehörig fühlen; und letzten Endes auch unser Erdenbürgertum – all dies sind Schichten unseres Zuhauses. In all diesen Schichten sind wir auf die eine oder ander Weise verankert, durch alle werden wir irgendwie beeinflußt oder geradezu mitbestimmt, zu allen bekennen wir uns in dem einen oder andern Maße, und alle sind beteiligt an der Gestaltung und dem irdischen Dasein unseres Ichs."[2]

In diesem Sinne verstehe ich mich als Weltbürger. Myriaden Fäden verweben mich mit vielen Menschen, Regionen und Epochen der ganzen Welt. Außerdem bin ich Europäer, Deutscher, Kurpfälzer, Mannheimer. Ich bin Internationalist und Regionalist, Kosmopolit und Patriot. Diese Aspekte von Persönlichkeit und Gesellschaft schließen sich nicht aus, sondern erfüllen einander. Und in all dem werde ich nicht zuletzt gespeist aus christlichen und aus jüdischen Quellen.

## 1. Heimat

Heimat ist kein präziser geographischer Ort, den man in eine Karte oder einen Paß eintragen könnte. Horizont, Dynamik und Komposition von Heimat sind sehr von persönlichen und von Gruppenerfahrungen geprägt. Heimat ist im Leben von einzelnen Menschen und von Gemeinschaften Wandlungen unterworfen, wächst, schrumpft, verändert sich. Heimat ist, indem sie wird. Wo sie zur Postkartenidylle gerinnt, ist sie tot, wie alles Erstarrte.

Heimat bildet sich aus als Gefühl und Wissen besonderer Verbundenheit mit einem bestimmten Land, einer Landschaft, mit ihren Menschen, ihrer Sprache, ihren Beziehungen, Gewohnheiten, Fähigkeiten, Hoffnungen, Beschränktheiten, Nöten, Ängsten und Mängeln. Heimat gelingt glaubwürdig nur als Verwirklichung eines besonderen Verantwortungsbewußtseins für Menschen, Häuser, Straßen und Landschaften. Heimat entwickelt sich nicht nur harmonisch, nicht ohne Harm. Sie weist Brüche, Täuschungen, Enttäuschungen, Verluste auf.

Wir lieben Heimat. Wir leiden Heimat.

## Wider die Unendlichkeit des Alls, wider die Allmacht der Imperialismen

Heimat steht für Geborgenheit und Wärmestrom, für Dauer und Verwurzeltsein, für Überschaubarkeit und Wiedererkennen, gegen flüchtigen Augenblick, gegen die Unendlichkeit des Alls und die Allmacht der Imperialismen. Heimat spüren wir besonders eindrücklich bei Abschied und Wiederkehr.

Heimat ist Nische und gerade deshalb nicht getrennt vom Rest der Welt, sondern mit dieser verbunden durch die Flure unserer Neugierden, Erwartungen, Erfahrungen, Beziehungen und Abhängigkeiten..., durch unsere Lust auf das ganz andere, das uns gleichzeitig so tief verwandt und ähnlich ist.

Václav Havel: „‚Heimat', das am häufigsten benutzte und am besten zutreffende deutsche Wort für das, was im Tschechischen ‚vlast' genannt wird, ist vom urgermanischen ‚haima' abgeleitet, welches nicht nur die uns nahestehende und vertraute Welt, also eine Schicht unseres Zuhauses bezeichnet, sondern auch die Welt und das Weltall in ihrer Gesamtheit, das heißt das Universum. Ähnlich bedeutet das altisländische Wort ‚heimspekja', über das Heim und die Heimat zu sprechen, aber auch über das Weltall nachzudenken, das heißt zu philosophieren ...
... Wir sollten lernen, die Heimat wieder – so wie es wahrscheinlich einst geschah – als unseren Teil der ‚Welt im Ganzen' zu empfinden, das heißt als etwas, das uns einen Platz in der Welt verschafft, statt uns von der Welt zu trennen." [3]

Heimat ist Kultur und Natur, worin wir leben. Welt wächst zusammen, Europa wächst zusammen. Gut so – auch wenn dies nicht schmerzfrei geschieht. Auf eine sehr reale Weise Weltbürger zu werden, gehört zu den wundervollen Möglichkeiten unserer Epoche. Aber diese sich immer stärker ausbildende Weltgesellschaft wird veröden, wenn nicht gleichzeitig und gleichermaßen lokale und regionale Eigenarten und Vielfältigkeiten gepflegt und entwickelt werden.

Als seelisches Konzept entsteht Heimat durch lebenslange, vor allem frühkindliche Erfahrung: Bestimmte

Gerüche, Geräusche, Stimmen, Berührungen, Licht-, Schatten-, Struktur- und Farberfahrungen, bestimmte Wärme- und Kälteerlebnisse, konkrete Dorf- und Stadtbilder, bestimmte Architektur und Wohnweise; Freundschaften, Zärtlichkeit, Leiden, Animositäten; Klima-, Raum- und Zeiterfahrungen prägen sich ein; Jahreszeiten mit ihren spezifischen Ausformungen in der Natur und in den Lebensgewohnheiten[4]; Tagesrhythmen als natürliche und soziale Strukturen. In dieser Hinsicht bieten die Autoren unseres Buches eine Fülle von Eindrücken, Ereignissen und Szenen, die ihre, die unsere Heimat liebend beschreiben und dadurch in einer besonderen Weise erst erschaffen.

## Januskopf Heimat

Wie alles Menschliche trägt Heimat Januskopf: Geborgenheit kann stickig werden und zur Heile-Welt-Illusion verkommen. Vertrautheit kann sich verengen zu Provinzialismus und Spießertum: Glück im Winkel... Lore-Roman... Und die blutige Variante: Heimatfront... Dolchstoßlegenden... Blut und Boden, Deutschland den Deutschen... .

In diesem Sinne wurde Heimat immer wieder versüßlicht und gleichzeitig brutalisiert. Heimat als Gaukelei für die vielen, denen anderes vorenthalten wird: Demokratie, Arbeit, wirtschaftliche und politische Mitbestimmung, Selbstbestimmung, Selbstorganisation, Gerechtigkeit, Friede, Wohlstand. Heimat als Knüppel, mit dem das Volk zusammengetrieben – Die Heimat verteidigen! – und die Heimat anderer angegriffen wird. Dabei wird fremde wie eigene Heimat zweifach zerstört:

physisch-materiell und als soziales, geistiges, seelisches Konzept. An die Stelle selbstbewußten, verantwortlichen individuellen und kollektiven Erlebens und Gestaltens treten kitschige, blutige, surrealistische Filme: Pseudo-Heimat. Dies geschieht weltweit überall, wo es Staaten und herrschenden Gruppen gelingt, Heimat, die sozialer und psychischer Erlebnishorizont ist, im Herrschaftsinteresse politisch, wirtschaftlich und militärisch zu verstaatlichen. Auch unsere alltäglichen Gewohnheiten, Gewöhnlichkeiten und Gedankenlosigkeiten können Heimat verkommen lassen. Heimat muß täglich bewahrt und täglich erneuert werden.

## Schaffender Mensch in realer Demokratie

Heimat und Staat sind nicht identisch. In günstigen Fällen ist der Staat eine instrumentelle Struktur des Volkes, mit deren Hilfe Entscheidungen herbeigeführt, Regelungen getroffen und Handlungen durchgeführt werden. Wie Gustav Heinemann es einmal sagte, kann man den Staat vernünftigerweise nicht lieben. Hingegen kann man seine Heimat lieben und selbstverständlich auch die Heimat anderer.

Ernst Bloch: „Die Wurzel der Geschichte aber ist der arbeitende, schaffende, die Gegebenheiten umbildende und überholende Mensch. Hat er sich erfaßt und das Seine ohne Entäußerung und Entfremdung in realer Demokratie begründet, so entsteht in der Welt etwas, das allen in die Kindheit scheint und worin noch niemand war: Heimat.[5]

Einem Vermächtnis gleich schließt der Pfälzer Jude Ernst Bloch sein Hauptwerk, ‚Das Prinzip Hoffnung', mit diesem Satz. Als poetischer Widmung und Verehrung von Heimat stimme ich zu, besonders auch der ökonomischen und politischen Komponente: der schaffende Mensch in realer Demokratie erzeugt Geschichte und Heimat. Diktaturen lassen Heimat nicht zu, zerstören sie. Dies gilt zumindest für unser Zeitalter. Etwas riskant finde ich Blochs religiöse Überhöhung des Begriffes Heimat: „... das allen in die Kindheit scheint und worin noch niemand war: Heimat."

Ich glaube hingegen, gerade auch im Erwachsenenalter können wir Heimat erleben, wahrscheinlich sogar geschärft durch schmerzliche Trennungserfahrungen und Enttäuschungen. Wo glückliche Kinder in ihrer Heimat leben wie in ihrer eigenen Haut und gar nicht immer wissen können, wie ihnen geschieht, können Erwachsene Heimat erfahren als Paradies nach dem Sündenfall - ein Verlierbares, Zerstörbares und umso Kostbareres. Heimat ist Geschichte und Projekt, Erinnerungsschatz und Antrieb, wächst und wird vielschichtiger mit zunehmender Erfahrung, Bildung, Liebe zur Kunst sowie orts- und menschengebundenen Erlebnissen.

Elie Wiesel: „Warum fühle ich mich noch heute so sehr zu meiner Heimatstadt hingezogen? Weil sie in der Erinnerung mit meiner Kindheit verschmilzt? Sie dient mir als Rahmen, Umgebung, Bezugspunkt für alle meine Romane. Hilft mir meine Phantasie, sie immer wieder lebendig und unversehrt vorzufinden?...
... Die Begebenheiten, von denen meine Romane erzählen, sind zweifellos vielfältig, aber der Ort, an dem sie sich zutragen, bleibt immer der gleiche. Alle meine Helden sind dort gefangen: Es ist unmöglich, sie zu befreien." [6]

## 2. Heimat und Mutter Sprache: ästhetische Muster im Saumland zwischen individueller Persönlichkeit, kollektiver Mentalität und Landschaft

Heimat: Regionale Sprachen und Dialekte behaupten sich gegen die Dominanz durch Weltsprachen. Regionale Küchen, regionale Musik, Tänze, Literatur, Malerei, Theater, Kabarett, spezielle regionale Begriffe und Bilder für Dinge, Handlungen, Gefühle, Erlebnisse setzen wichtige Akzente.

Zu den kostbarsten musikalischen, sinnlichen und geistigen Erfahrungen eines Menschen gehört seine Muttersprache. Wo sie verloren geht oder eingeebnet wird, schwindet Heimat. Sprachforscher haben kürzlich auf die Gefahr hingewiesen, in einhundert Jahren könnten von den jetzt noch existierenden etwa sechstausend eigenständigen lebenden Sprachen noch drei- bis sechshundert übrig bleiben. Diese Aussicht ist so bedrückend wie jene, die sich im Bereich biologischer Artenvielfalt abzeichnet. Schlimmeres muß man noch für die Dialekte fürchten. Zehntausende drohen zu verlöschen und ihre Klangwelten auszusterben..

### Was ist so kostbar an den Dialekten?

1. Dialekte bilden wichtige musikalische Fundamente der deutschen Sprache. In ihrer Gesamtheit überragt ihr Reichtum an Rhythmen, Lautvarianten, Klangerlebnissen, Wort- und Satzmelodien die Hochsprache bei weitem. Die meisten Dialekte verfügen alleine schon für sich selbst über eine wesentlich größere Varianz an Vokalen, Vokalkombinationen und an

Konsonanten. Nicht selten sind dialektale Vokale klangvoller und voluminöser (‚geräumiger') als die Vokale der Hochsprache. Man denke etwa an die enorme Klangfülle der bayerisch-österreichischen Dialekte. Bei Pfälzer und Kurpfälzer Dialekten wiederum fällt ihre vielfältige Form- und Dehnbarkeit auf (allaa..., heer..., Schbrooch..., Schnuut, Fleesch...), die diese Dialekte mit einer deutlichen Tendenz zum ‚Blues' ausstatten.

Bei den Konsonanten reicht die Varianz von den starken Kehllauten der Schweizer bis zum saftigen Zischen in unserer Region, vom volltönend rollenden Zungen-R in etlichen Gegenden bis zum ‚französischen' R, das etwa in Mannheim genau am anderen Ende unseres Sprechapparates gebildet wird. Der Kurpfälzer Dialekt, der in diesem Buche zu Worte kommt und gefeiert wird, gehört zu jenen Sprechformen, die an den Ufern großer Flüsse entstehen, wo viel Volk durchzieht, Völker wandern. Deutschland den Deutschen? Wohlan, wir sind allzumal Bastarde! Unsere Vorfahren und Geschwister kommen von weit, Süden, Osten, Norden, Westen: Kelten, Germanen, Romanen, Slaven, Juden, Sinti und Roma, um die wichtigsten zu nennen.
In unserer alltäglichen schriftdeutschen Umgangssprache gibt es sogar einige hundert Wörter arabischer Herkunft – nicht zu sprechen vom Hebräischen, Griechischen, Lateinischen, Französischen, Anglo-Amerikanischen, Polnischen (Ruhrgebiet) und, im Südwesten, vom Jiddischen, mit dem das Kurpfälzische eine geschwisterliche Verwandtschaft verbindet.

In unserem Dialekt klingen in jedem Laut Alltagslust und Alltagsgroll mit, Landschaften und Milieu der Menschen: breit, tief, sinnlich, kehlig. Seine

Konsonanten zischen auf der Zunge wie frisches Bier und kühler Wein nach einer langen Wanderung, und seine Vokale füllen den ganzen Mund. Er ist keine Kunstsprache, aber Sprache, mit der man Kunst machen kann. Die Gedichte in diesem Buch sind leuchtende Belege dafür.

2. Dialekte sind nicht nur Sprech- und Klangmuster, sie stellen auch Persönlichkeits- und Mentalitätsformen dar. Persönlichkeit ist nichts ausschließlich Individuelles. Sie bildet sich im Saumland zwischen Individuum und Gesellschaft. Dabei kommt der Sprache überragende Bedeutung zu. So lassen sich regelrechte Prototypen erkennen, deren Reiz darin besteht, daß sie unverwechselbare Unikate und gleichzeitig kollektive Muster bilden. Als Beispiele denke ich an den Berliner Wolfgang Neuss, den Bayern Gerhard Polt oder, besonders eindrucksvoll, den Österreicher Helmut Qualtinger. In der Kurpfalz muß man nur über Wochenmärkte gehen, um zu erleben, was ich meine. Und es gibt auch bei uns bedeutende künstlerische Ausprägungen dieses Phänomens. Die Texte dieses Bandes bieten Beispiele hierfür.

3. Dialekte stiften lokale und regionale Identitäten. Dialekte werden ‚nach innen' gesprochen, mit dem Rücken nach ‚außen'. Familie, Nachbarschaft, Clique, Dorf, Stadtteil, Stadt... Natürlich ergeben sich hieraus Gefahren von Provinzialismus, Spießertum und Fremdenfeindlichkeit. Es gibt kein Kommunikationsmuster, das nicht ins Inhumane gezerrt werden kann.

Wir sind daher zu jeder Zeit und in jeder Situation nicht nur dafür verantwortlich, wie wir kommunizieren, sondern auch, welche Inhalte wir hervorbringen und weitergeben. Diese entscheiden über die humane Qualität der Rede. Hierin sehe ich, ob in Hochsprache oder Dialekt, eine ganz besondere Aufgabe von Wissenschaft, Glaubenspflege, Pädagogik, Journalismus, Politik, Kunst...: dem dummen Geschwätz helle Gedanken, dem Stumpfsinn und der Barbarei Ironie, kritische Pointe, Nachdenklichkeit, Selbstkritik, befreiendes Lachen, Empathie, Zärtlichkeit und Geistesschärfe entgegenzusetzen. ‚Mannem, wann ich dein gedenk' erfüllt diesen Anspruch in einer Weise, die Freude macht.

Für die Dialekte bedeutet dies: Sie müssen als einfache und als komplexe Sprachmuster verteidigt und entwickelt werden. Wer sie nur als Sprache der Doofen vorstellt (wie selbst manche ansonsten ernstzunehmende Kabarettisten) oder an Fasnacht zur Verbreitung von seichten Witzen und Zoten mißbraucht, schadet dem Dialekt und dem regionalen Selbstbewußtsein.

Solange wir sie pflegen, sind Dialekte alles andere als Stümmelsprachen. Sie stellen, nicht weniger als die Hochsprache, komplexe ästhetische Muster dar und verfügen wie diese, über fast unendliche Modulations- und Variationsfähigkeiten. ‚Fast' unendlich gilt für beide. Hochsprache und Dialekte können alles – außer einander ersetzen. Daher muß man Menschen wünschen, zur ‚Zweisprachigkeit', Hochsprache und Dialekt, fähig zu sein. Dies setzt aber keineswegs Geringschätzung des Dialektes voraus. Die Autoren dieses Bandes sind allesamt gebildete Männer und können gerade deshalb herzhaften und geistreichen Gebrauch von ihrer Muttersprache machen.
Selbstverständlich sind Dialekte nichts Starres, keine musealen Sprachen. Sie wandeln sich, nehmen neue

Worte und Bilder auf. Dialektsprecher beherrschen Fremdwörter und Fachbegriffe.

4. Gerade auch aus der Spannung zwischen Dialekt und Hochsprache lassen sich kreative Funken schlagen. Dialekte stehen immer im Gegensatz zu etwas: zur Hochsprache, zum Nachbardialekt, zu allen anderen Dialekten. Aus den Ritzen zwischen diesen Gegensätzen blühen Wortwitz, Sprach- und Sprechlust.
Dialekte können diese positiven Qualitäten nur voll entfalten, wenn sie als starke Muster erhalten bleiben. Wo sie sich zu regionalen Akzenten der Hochsprache zurückbilden, ist das Beste verloren. Diesem Sachverhalt muß Spracharbeit als Traditionspflege Rechnung tragen. Klangstarke, bildhafte Wörter und Redewendungen dürfen nicht ohne Not aufgegeben werden. Hierin sehe ich ein besonderes Anliegen dieses Buches, das durch die Texte selbst, aber auch durch das Glossar, das Siegfried Laux erarbeitet hat, zur Geltung kommt.

Wodurch breiten sich denn die diversen Jugendsprachen so rasch aus? Weil Kinder und Jugendliche gerne imitieren, fabulieren, schnoddern. Was hindert uns daran, derselben Lust zu frönen und immer wieder mal in den saftigen Apfel eines althergebrachten Dialektwortes zu beißen? Ich habe erlebt, wie Siegfried Laux bei einer gut besuchten Lesung mit den Texten dieses Buches, mich, wie alle anderen Zuhörer verzauberte und Glückserlebnisse bei uns auslöste. Dies war der Anstoß für uns beide, das Projekt der Veröffentlichung zu wagen.
Auch ich selbst darf mit meinem großenteils im Dialekt gehaltenen Kabarett immer wieder erleben, wie bei den Zuhörern eine spezifische, dem Dialekt gewidmete Hör- und Sprechlust entsteht.

## 3. Juden in der Kurpfalz

„Es sollen, ‚wie man sagt, nun mehr Juden, als Christen, zu Mannheim wohnen', schrieb Prinzessin Liselotte von der Pfalz 1720 in einem Brief. Ein Frankfurter Reisender berichtet 1731 über seine Eindrücke von Mannheim: ‚Bei der Betrachtung gegenwärtiger Stadt mußte (ich) mich auch über die Menge der allhier in besonderer Freiheit lebenden Juden verwundern.' Ein ‚Engelländer' beschreibt 1790 den ‚Mannheimer' als ‚ein Gemische vom Franzosen und Juden, mit welch letzterem er auch sogar viel Ähnliches im Sprachklange hat'. Die Äußerungen dieser Zeitgenossen, die gewiß von subjektivem Erleben und auch von Ironie geprägt sind, beleuchten ein wenig das besondere Verhältnis von Juden und Christen im Mannheim der Kurfürstenzeit."[7]

Ich kann und will hier nicht die Geschichte der Juden in der Kurpfalz auch nur skizzieren oder an Beispielen belegen. Dies geschah und geschieht kompetent an anderen Stellen.[8] Im vorliegenden Buch sei auf das Vorwort von Siegfried Laux verwiesen, in dem er Heimatgeschichte an den Lebensläufen unserer fünf Autoren entfaltet. Ich weiß, wie schwierig und arbeitsaufwendig es teilweise für ihn war, auf der Suche nach Informationen fündig zu werden. Das Wissen um diese wunderbaren Künstler ist im Begriffe, verloren zu gehen.

Vielmehr will ich der Frage Aufmerksamkeit widmen, wie der ungewöhnliche Beitrag der Juden zur Geschichte der Kurpfalz zu erklären ist. Die Bedeutung der Juden für meine Heimat läßt sich so zusammenfassen und würdigen: Wir dürfen unserer jüdischen Landsleute mit Achtung, Stolz und Liebe gedenken. Keine zweite Gruppe hat je auf der Basis einer so kleinen Zahl so eindrucksvolle Beiträge zum Gemeinwesen geleistet, und zwar in allen wichtigen gesellschaftlichen Funktionen: wirtschaftlich, politisch, sozial (Krankenhäuser, Waisenhäuser, Kindergärten...), religiös, moralisch, pädagogisch, in den Künsten, in Vereinen und bürgerschaftlichen Unternehmungen, bei der Gründung von Stadtteilen (z.B. Mannheim-Neuostheim)...

Zur Erklärung dieses Phänomens wird häufig angeführt, Minderheiten überall auf der Welt, die sich gegen erdrückende Mehrheiten behaupten müssen, zeigten die Tendenz, etwas Besonderes zu leisten. Die Erklärungskraft dieses Argumentes scheint mir eher bescheiden. Es gibt viele Minderheiten, die sich vor Mehrheiten bewähren müssen, ohne vergleichbare Früchte vorweisen zu können. Die ‚automatisch' leistungsfähige Minderheit ist eine so schön ‚wertneutrale' Vorstellung, die scheinbar ohne Ansehen spezieller Eigenschaften von Minderheits- und Mehrheitskultur Verstehen stiftet.

## Dem Frieden der Stadt

Das klassische Minderheitenargument gewinnt im Hinblick auf die deutschen Juden nur im Zusammenhang mit folgenden Einsichten Bedeutung:

1. Identifikation mit Heimat ist Teil des Geschichtsbewußtseins einer Gemeinschaft. Weltweit gibt es nur wenige Kulturen, die sich im Hinblick auf historisches Bewußtsein mit der jüdischen messen lassen. Geschichte und Heimat sind Vermächtnis und Projekt, die seitens der Kinder Israel von jeher größte Aufmerksamkeit finden.

Bei Jeremia 29,7 heißt es:
„Und fragt dem Frieden der Stadt nach, dahin ich euch verschleppen ließ, betet für sie zu Mir, denn in ihrem Frieden wird euch Frieden sein." [9]

Heimat- und Geschichtspflege sind wichtige Aspekte des religiösen Auftrages im Judentum.
Kann Glaube rationaler verfaßt, können Frömmigkeit und Vernunft inniger verbunden werden?
Und diesem Anspruch genügten die deutschen Juden in unübertrefflicher Weise, bis sie in der Schoa vertrieben oder verschlungen wurden.

Wahrscheinlich gehört das Erlebnis von Unterlegenheit gegenüber einer kleinen Gruppe in der Bevölkerung, die offenkundig eine höhere kulturelle Entwicklung repräsentiert, über mehr Kompetenz, Bildung und Solidarität, über mehr Kraft und Reife gebietet, zu den untergründigen Brandbeschleunigern des Hasses.

2. Juden war über die längste Zeit ihrer Heimat in Deutschland die Identifikation mit dem großen Ganzen, Deutschland, deutsche Nation... verwehrt. Juden definierten sich weniger als Deutsche, denn als Frankfurter, Wormser oder Mannheimer Juden. So konnten und mußten sie ihre Liebe und gemeinwesenbildende Kraft vor allem ihrer unmittelbaren Umgebung zugutekommen lassen.

Als den Juden dann endlich möglich wurde, sich als integrierte Angehörige des deutschen Volkes zu fühlen, gereichte ihnen gerade dies zum Unglück. Als Morgengabe hatten sie das Leben ihrer Besten für die deutsch-jüdische Symbiose gebracht [10]. In Mannheim ist beispielhaft an Ludwig Frank zu erinnern, der im Ersten Weltkriege freiwillig ins Feld zog, um für sein deutsches Vaterland zu fallen. Dieser Patriotismus sollte den deutschen Juden nicht gedankt werden.

3. Heimatliebe und tiefe Verbundenheit mit einer Region sind nicht, wie mancher wähnt, Ausdruck besonderer Rückständigkeit und Mangel an Weltoffenheit, sondern ganz im Gegenteil: Heimatliebe ist Frucht starker Herzens- und Geistesbildung. Und die Juden waren im Durchschnitt wesentlich besser gebildet als ihre nicht-jüdischen Landsleute. Beispiel: Viele Juden waren leidenschaftliche Theater-, Musik-, Literatur- und Kunstfreunde. Die Künste sind Fenster zur Welt nach innen und nach außen. Wo sie geschaffen und dargeboten werden, kann Heimat wachsen als leuchtende Spur im Gewebe von Erinnerungen und Vorfreuden.

Gleichermaßen waren Juden sportlich aktiv, liebten das Wandern im Odenwald und in der Pfalz. Nicht selten waren sie begeisterte Fasnachter. Auch einige unserer Autoren waren gerne mit von der Partie. Dies erklärt teilweise die heitere Grundstimmung, das Schmunzeln und Lachen, das den meisten Gedichten innewohnt. Sie trugen mit ihren Texten zu Fasnachtsveranstaltungen bei. Alleine bei dem Gedanken, daß heute solch anspruchsvolle Sitzungen, wie sie beim jüdischen Sanges- und Fasnachtsverein ‚Liederkranz' üblich waren, heute kaum mehr denkbar sind, überkommt mich Trauer.

Deshalb möchte ich die Fasnachtsvereine der Region aufrufen, sich wieder stärker einer anspruchsvollen Traditionspflege zu widmen und damit gegenüber Kindern und Jugendlichen verantwortlich zu handeln. Es muß möglich sein, Abende durchzuführen ohne abgestandene, platte Witze und statt dessen den reichen Strom der Mundartdichtung fließen zu lassen. Vorliegendes Buch bietet dazu einiges. Aber die Liste wunderbarer Veröffentlichungen bis in unsere Tage ist lang. Stellvertretend für viele darf ich die Namen Lina Sommer und Hanns Glückstein erwähnen.

Man muß auch von den Schulen und anderen Bildungseinrichtungen fordern, der kurpfälzischen Mundart als Teil sprachlicher und musikalischer Erziehung mehr Aufmerksamkeit und Respekt zu zollen. Ich selbst habe mit Schülerinnen und Schülern meiner Frau Mundartgedichte eingeübt. Dabei haben die Zwölfjährigen, die Lyrik normalerweise nicht unbedingt ‚cool' finden, eine unglaubliche Begeisterung entwickelt, die sich auch in der Qualität ihres Vortrags niederschlug.

## Regionalist und Weltbürger

Juden haben uns seit Jahrhunderten einen Entwurf vorgelebt, von dem ich mir Rettung und positive Zukunft verspreche: Starke lokale und regionale Verwurzelung, eng geknüpft an Weltoffenheit. Dies ist vielleicht die wichtigste Frucht der Diaspora. Die Zerstreuung über die ganze Welt ermöglichte den Juden diesen evolutionären Weg. Sich an Ort und Stelle orientieren, dauerhaft einrichten, Wurzeln schlagen und gleichzeitig die weltweiten Beziehungen zu Freunden, Verwandten und Glaubensbrüdern nicht abreißen lassen.

Die weltweite Verschwisterung bringt uns heute in dieselbe Situation mit dem Unterschied, daß wir jetzt über viel bessere Kommunikationsmöglichkeiten verfügen. Wo wir uns auf eine der beiden Seiten, ‚Weltgesellschaft oder Region', schlagen zum Schaden der anderen, könnten wir entweder wurzellose, ‚kosmopolitische' Snobs werden, die keineswegs davor gefeit wären, ihre Schwestern und Brüder zu erschlagen, oder verklemmte Spießer, die ethnische Säuberungen durchführen oder zulassen.

Möge uns gelingen, in einer sich verdichtenden Weltgesellschaft und einem sich vereinigenden Europa entsprechende Konzepte von Weltoffenheit und regionaler Verwurzelung auszubilden. Ein moderner Europäer sollte neben seiner Muttersprache mindestens zwei Fremdsprachen gut beherrschen (es könnten gerne auch mehr sein), einen Dialekt sehr gut verstehen und sprechen und mehrere Dialekte sicher verstehen.

Möge uns gelingen, diese wunderbaren jüdischen Autoren unserer Muttersprache und Heimat dem Vergessen zu entreißen. Möge uns gelingen, zu einer eigenständigen, weltoffenen, zukunftsweisenden und multikulturellen Entwicklung der Kurpfalz beizutragen. Möge uns gelingen, unseren kleinen Beitrag zu einer Renaissance der Kultur am Rhein beizutragen, in der unsere jüdischen Schwestern und Brüder wieder selbstverständlich zu uns gehören.

In der Rheinebene wächst seit Jahrhunderten der Feigenbaum – nicht als Ziergewächs, sondern mit Früchten, die köstlich munden. In meinem Herzen steht dieser biblische, mythische Baum auch für das Judentum am Rhein. Möge der Feigenbaum im Lande nicht nur der Buchen und Eichen, sondern auch der Linde (dem Freiheitsbaum der Deutschen!) wieder wurzeln und sich ausbreiten.

**Dank**

Mir liegt daran, meinem Mitherausgeber Siegfried Laux herzlich für die Zusammenarbeit zu danken. Er ist der Bewahrer dieser Texte und verfügt über sehr viel Erfahrung und Sachverstand, bezogen auf unseren Dialekt.

Ohne ihn wäre nicht möglich gewesen, diese jüdischen Autoren dem Vergessen zu entreißen. Es ist hohe Zeit, um die Zerstörung des deutschen Judentums nicht nur zu trauern, sondern seine großartigen Beiträge zur Kultur dieses Landes auf nationaler, regionaler und lokaler Ebene nach Kräften zu rekonstruieren, soweit dies nach Lage der Dinge noch möglich ist. Wo gelingt, das Vergessen zu vereiteln, verhindern wir den letzten, vielleicht wichtigsten Sieg des Menschenfressers über die positiven Traditionen unseres Volkes.

Dank auch meiner Frau, der Lehrerin, Schriftstellerin und Kochkünstlerin, Susanna Martinez, die dieses Projekt, wie alle meine anderen Vorhaben mit unermüdlicher kreativer Aufmerksamkeit, mit Ideen und Vorschlägen begleitet hat. Sie hatte mich im Herbst 1995 auf jene Lesung von Siegfried Laux hingewiesen, bei der die Begegnung stattfand, ohne die dieses Buch nicht entstanden wäre.

## Widmung

Im Jahre 1925 lebten 6972 Juden in Mannheim (2 % der Bevölkerung). 1933 waren es noch 6402. Das sind ‚furchterregende' 2,3 % der damaligen Bürgerschaft. Die meisten von ihnen verstanden sich als Kurpfälzer Landsleute, sprachen unseren Dialekt, liebten mehr als andere dieses Land. Alle Juden wurden durch die Schoa weggerissen. Über 2000 von ihnen kamen um oder wurden umgebracht. Das Buch ‚Spurensuche' berichtet von 2160 Namen und Schicksalen, die Anfang der neunziger Jahre noch aufgespürt werden konnten.[11] Ihnen sei dies Buch besonders gewidmet.

Ebenso den Kurpfälzer Juden, die inzwischen wieder mit uns leben, seien die poetischen Früchte ihrer Glaubensbrüder und unserer gemeinsamen Landsleute verehrt.

Wir gedenken auch jener mit Liebe und Zuneigung, die weit verstreut auf der Welt noch leben und, wenn auch schmerzhaft, sich mit Mannheim und der Kurpfalz verbunden fühlen. Wir hoffen sehr, es möge gelingen, ihnen dies Buch zugänglich zu machen. Eine Stadt liegt nicht alleine in den Grenzen, die wir Landkarten entnehmen können. Sie reicht so weit, so weit es auch nur einen gibt, der sie im Herzen trägt. Ich denke dabei besonders an meine Freunde in Israel, Uri Landau aus Pforzheim, Rut Gogol aus Schwetzingen und Schlomo Stein, der in den Mannheimer Quadraten seine Kindheit verlebte.

Ihnen möchte ich meinen Kurpalzblues zueignen als Gruß vom Ostufer des Rheins ans Westufer des Jordan. Schalom.

**Kurpalz-Blues**

Moi Schbrooch, ihr Leit, die derf ma nedd vunn
owwerunner hehre
Do muß ma noi, wie in än diefe Fluß
Donn schpiert ma's uff de Haut, des konn ma nedd
erkläre
De Flußgott in moim Schbroochfluß is de Blues

Kurpälzisch des rauscht unn wischbert
Dief unn breet wie unsern Rhoi
Laut isses monschmol – unn leis, unn zart wann's
knischderd
Unn schmeckt im Mund wie roder Woi

Monschmol hehr isch Leit als saache,
unser Schbrooch wär ordinär
Wär so rauh unn derb unn kehlisch
Immer hehrt ma ‚als' unn ‚allaa'
unn vor alle Dinge ‚hehr'
Awwer die, die lerne ganz allmählisch:

Moi Schbrooch, ihr Leit, die derf ma nedd vunn
owwerunner hehre
Do muß ma noi, wie in än diefe Fluß
Donn schpiert ma's uff de Haut,
des konn ma nedd erkläre
De Flußgott in moim Schbroochfluß is de Blues

Moi Muddaschbrooch iss dief verworzelt
Im Alldaag vunn de glääne Leit
Wo's lebt unn bebt unn monschmol borzelt
Wo's monschmol eng iss, monschmol weit

Sie hott misch schunn als Kind gerett, moi
Muddaschbrooch, des isses Schändschde:
Lernsch frei soi, kriggsch ä freschi Gosch
Kään Bickling vor de Große, kään Tritt gege
die Glänschde
Ob sowas schu'mol gfunne hosch:

Moi Schbrooch, ihr Leit, die derf ma nedd vunn
owwerunner hehre
Do muß ma noi, wie in än diefe Fluß
Donn schpiert ma's uff de Haut, des konn ma nedd
erkläre
De Flußgott in moim Schbroochfluß is de Blues

*Mannheim, Herbst 1997*

**Anmerkungen zum Essay**

*1* Odysseas Elytis,
zitiert in der SÜDDEUTSCHEN ZEITUNG, 19.01.1996.

*2* Václav Havel: „Europa sollte zur Heimat unserer gemeinsamen Werte werden." Die Rede des Präsidenten der Tschechischen Republik vor dem Deutschen Bundestag anläßlich der Ratifizierung der tschechisch-deutschen Erklärung.
Frankfurter Rundschau, 25. April 1997.

*3* Havel, ebenda

*4* Zur ästhetischen Entheimatung s. Hans-Peter Schwöbel:
Die Diktatur des rechten Winkels. UNIVERSITAS 8/92. Stuttgart.

*5* Ernst Bloch: Das Prinzip Hoffnung. Suhrkamp Verlag.
Frankfurt 1969. Band III, S. 1628.

*6* Elie Wiesel: Alle Flüsse fließen zum Meer. Autobiographie.
Hoffmann und Campe. Hamburg 1995. S. 49 und 50.

*7* Volker Keller: Jüdisches Leben in Mannheim. Edition Quadrat. Mannheim 1995. S. 17. Aus derselben Quelle erfahren wir, daß es noch vor einer katholischen oder evangelischen Kirche wahrscheinlich eine Synagoge in Mannheim gab.

*8* An dieser Stelle darf beispielhaft auf mehrere Veröffentlichungen von Volker Keller und Karl-Otto Watzinger verwiesen werden, die ihrerseits viele Quellen benennen. Nicht zuletzt ist das Stadtarchiv Mannheim ein wichtiger, hilfreicher Fundort.

Ebenso: „Auf einmal, da waren sie weg." Jüdische Spuren in Mannheim. Herausgegeben vom Stadtjugendamt Mannheim. Edition Quadrat. Mannheim 1995.

*9* zitiert aus: Die Schrift, aus dem Hebräischen verdeutscht von Martin Buber gemeinsam mit Franz Rosenzweig.
Band 3, Buch der Kündigungen, S. 331. Verlag Lambert Schneider. Gerlingen 1978. Lizenzausgabe für die Deutsche Bibelgesellschaft, Stuttgart 1992.

*10* s. Deutsche Jüdische Soldaten. Von der Epoche der Emanzipation bis zum Zeitalter der Weltkriege. Herausgegeben vom Militärgeschichtlichen Forschungsamt, Potsdam.
Hamburg, Berlin, Bonn 1996.

*11* Auf einmal, da waren sie weg, a. a. O. S. 11.

## Wörter- und Sachverzeichnis

Hierzu wurden u. a. verwendet:

Kühn, Daniel, Mundartausdrücke, in: Aus dr Hamet, 2. Aufl., Kaiserslautern 1911

Bräutigam, Kurt, So werd bei uns geredd, 1. Aufl., Mannheim, 1977

Post, Rudolf, Pfälzisch, 1. Aufl., Landau/Pfalz, 1990

Das Verzeichnis erhebt keinen Anspruch auf Vollständigkeit.
Die teilweisen Herkunftsangaben sollen einen Eindruck davon vermitteln, wie vielfältig Fremdsprachen unsere „Pälzer Muddersprooch" beeinflußten.

*Abkürzungen:*
frz.: französisch, lat.: lateinisch, jidd.: jiddisch,
mhd.: mittelhochdeutsch, hebr.: hebräisch

**A**

| | |
|---|---|
| *aarig* | arg |
| *ablodiren* | applaudieren, frz.: applaudir |
| *Älschdi* | Älteste |
| *Äjelcher* | Äuglein |
| *alderire* | alterieren, aufregen, frz.: s' alterer |
| *alle Ritt* | immer wieder |
| *alleweil* | jetzt |
| *als* | in der Regel, ab und zu |
| *alsefort* | andauernd |
| *alsemol* | manchmal |
| *angebabbt* | angeklebt |
| *arriwirt* | zugestoßen, frz.: arriver |
| *annri Klass* | andere Klasse |
| *Atzelaach* | Hühnerauge |
| *ausgehutzelt* | ausgedörrt |
| *ausgedrickelt* | ausgetrocknet |
| *aweil* | s. alleweil |
| *Awwerle* | Aberle, Name eines Mannheimer Kaufmannes |

**B**

| | |
|---|---|
| *Baalhaus* | Ballhaus, einst Teil des Mannheimer Schlosses, Name einer Gastwirtschaft |
| *Babbensel* | Tapezierer, Maler |
| *babble* | schwätzen |

| | |
|---|---|
| *Babbsack* | Schimpfwort für Buben und Männer |
| *Baraplee* | Regenschirm, frz.: parapluie |
| *Baschderle* | Verkleinerungsform für Bastian |
| *Baus* | Beule am Kopf |
| *Beirel* | Beutel (das „t“ wurde durch „r“ ersetzt) |
| *Bellegrabbe* | Altrheinarm in Mannheim (Bell=Pappel) |
| *Bembelwaage* | Bahn mit Läutesignal (Bembel=Glocke) |
| *Bense binne* | Binsen binden |
| *Berchermeeschter* | Bürgermeister |
| *Bers* | Börse |
| *Berschtebinner* | Bürstenbinder |
| *Biffee* | Geschirrschrank, frz.: buffet |
| *Bims* | Geld |
| *Bitterwolf* | Biterolf, durch den Sängerkrieg auf der Wartburg bekannter Sänger |
| *Blankebeem* | Holzpfosten, die Fahr- u. Fußweg auf den Mannheimer Planken (Hauptstraße Mannheims) trennten. |
| *blatschen* | stark regnen |
| *bleede gehe* | davon gehen, jidd.: plete=fort |
| *blodde Schärel* | kahler Schädel |
| *bloo* | blau |
| *Bloomaul* | Uzname für den mit viel Mutterwitz begabten, wortgewandten Mannheimer, Herkunft der Bezeichnung nicht eindeutig geklärt. |
| *bloose* | trinken |
| *Blunns* | nur mit Blut gefüllte Wurst |
| *Bobb* | Puppe |
| *Boddem* | Boden |
| *bomadisch* | langweilig, lässig |
| *Bumbadur* | Pompadour, Mätresse Ludwigs XV. |
| *Bosse* | Unsinn |
| *Bordrätsche* | kleines Portrait, frz.: portrait |
| *Borzenellekaschde* | Kasperletheater, frz.: Polichinelle=Hanswurst; auf den Straßen umherziehendes Puppenspiel, neapolitanisch: Polecenella. |
| *Bräsender* | Geschenke, frz.: présent |
| *Bredullie* | Bedrängnis, frz.: bredouille |
| *bretzelmierb* | schwach vor Hunger |
| *Brijjel* | Prügel |
| *Brijjelwiss* | Brühelwiese=Wurstmarktwiese in Bad Dürkheim |
| *broore* | braten |
| *Buddel* | Flasche, frz.: bouteille |
| *Buddwar* | elegantes Damenzimmer, frz.: boudoir |
| *Butschenellekaschteschbäß* | Kasperletheaterfreuden |
| *Butzedambel* | Kinderschreck |
| *Butzmachern* | Modistin |

**C**

| | |
|---|---|
| *Cäcilie* | Patronin der Kirchenmusik |
| *cumprenez wu?* | verstehen sie?, frz.: comprenez vous |
| *cunsomirt* | verzehrt, frz.: consumer |

**D**

| | |
|---|---|
| *daafe* | taufen |
| *dabber* | schnell |
| *Däg* | Mehrzahl von Dag: Tage |
| *däwwern* | reden, leitet sich vermutlich von diwwern ab, jidd.: dibbern=reden |
| *damähr: do wär was d.* | da gäbe es etwas zu erzählen (Mär=Geschichte) |
| *Damenflor* | Gesellschaft schöner Frauen, lat.: florens=jugendlich, blühend |
| *dappig* | dumm |
| *Daweldot* | gemeinsames Essen, frz.: table d'hot |
| *Debber* | Geld; so bei Levy und Waldeck |
| *deht* | täte, würde tun |
| *deiwle* | aneifern |
| *Derke* | Türken |
| *Derkem* | Bad Dürkheim |
| *dernderwege* | deshalb |
| *derweil* | währenddessen |
| *deschberad* | desperat, verzweifelt, frz.: désespérer |
| *dhät* | s. deht |
| *Dhorn* | alte Bezeichnung für Turm |
| *dhune mer* | tun wir |
| *dischkeriere* | heftig über etwas reden, frz.: discourir |
| *dodefor* | dafür |
| *dohowe* | da oben |
| *Dorn* | s. Dhorn |
| *dorschtle* | gern trinken |
| *drang'schitt* | getrunken |
| *dreeme* | träumen |
| *Dudde babbe* | Tüten kleben |
| *Dus* | Dose, Schnupftabaksdose |
| *duschder* | düster |

**E**

| | |
|---|---|
| *ebbes* | etwas |
| *Ehlereiter* | Schneider, Ehle=Elle |

| | |
|---|---|
| *Eierpicken* | Kinderspiel an Ostern, bei dem harte Eier gegeneinander gestoßen werden. Wessen Ei unbeschädigt bleibt, gewinnt. |
| *Erelblud* | Edelblut, Weinsorte |
| *erre, wege so e.* | wegen so einer |
| *erunner* | herunter |
| *eschtemihre* | achten, schätzen, frz.: estimer |
| *exkisirt* | entschuldigt, frz.: excuser |

**F**

| | |
|---|---|
| *Färem* | Fäden, Mehrzahl von Farem |
| *Fasohne* | Arten, Muster, frz.: facon |
| *Feidene* | Feudenheim |
| *Felleise* | Rucksack, lederner Reisesack, frz.: valise=Mantelsack, irrtümliche Ableitung: Fell und Eisen. |
| *Ferschte* | Fürsten |
| *Filsbach* | Mannheimer Altstadtgebiet |
| *Fischer-Schuppach, Hans* | Graphiker, Buchillustrator, 1906–1987, 1936 Rompreis, Ehemann der Zeichnerin und Malerin Hanna Nagel. |
| *fleechige Trikot* | fleischfarbenes Trikot |
| *Flenn* | Geheul |
| *Fra Diavolo* | Held einer Oper von Auber |
| *Freile* | Fräulein |
| *Funkeschees* | Funkenchaise. Bezeichnung der alten Straßenbahnen in Mannheim, deren Stromabnehmerbügel an der Oberleitung Funken hervorriefen. |

**G**

| | |
|---|---|
| *Gänsburg* | Wirtschaft im alten Mannheim |
| *gaunsche* | schaukeln |
| *Gediwwer* | Gerede, jidd.: dibbern |
| *Gees* | Ziege |
| *Geesels schmeiße* | Kinderspiel, bei dem die Peitsche (Geißel) ähnlich wie beim Tanzknopf-Spiel geschlenkert wird. |
| *Gegummer* | Gurke, frz.: concombre |
| *Geil* | Mehrzahl von Gaul (Geilsbahn=Pferdebahn) |
| *gekeppt* | geköpft |
| *gerethes Gesicht* | gerötetes Gesicht |
| *Geriß, er hot's G.* | man reißt sich um ihn |
| *geweßt* | gewesen |
| *gewickelt* | scherzhaft für viel gegessen |
| *g'heilt* | geheult |
| *glawe* | glauben |

| | |
|---|---|
| *glenne* | auf dem Eis schleifen |
| *Glittschuh* | Schlittschuhe |
| *Gloome* | Sprüche, Unsinn, hebr. |
| *gorjle* | gurgeln |
| *gottersprich, als g.* | als ob, so viel es heißt |
| *greekscht* | größte |
| *grischt* | bekommen, Vergangenheit von grigge |
| *Gritz* | Verstand |
| *groddevoll* | stark betrunken, Grodd=Kröte |
| *Grumbier* | s. Krummbier |
| *g'schaßt* | gejagt, frz.: chasser |
| *g'schtocke* | gesteckt |
| *gsotze* | gesessen |
| *gure Drebbcher* | gute Tropfen (Wein) |

## H

| | |
|---|---|
| *Hanscher u. Räuwer* | Kinderspiel, bei dem der Häscher dem Räuber nachstellt, bisweilen auch unter „Räuber und Gendarm" bekannt. |
| *Hausfisikus* | Hausarzt, (Physikus) |
| *Heddel* | Ziege, Geiß |
| *hernoch* | danach |
| *Hiesel* | Spitznahme für bayerischen Räuberhauptmann des 18. Jh., nach dem eine Wirtschaft in Ludwigshafen benannt war. |
| *Hinnenausschtubb* | Hinterzimmer |
| *hippig werre* | verrückt werden |
| *Hocklern* | Marktfrau (hocken=sitzen) |
| *Hoddedaul* | Pferd in der Kindersprache: (daul=Gaul) |
| *Hotwollee* | vornehme Gesellschaft, frz.: haute volée |
| *howe* | oben |
| *hozzle* | auf dem Rücken tragen, schaukeln, mhd.: hotzen=schaukeln |
| *hubbse* | hüpfen |
| *hunne* | unten |
| *Huzel* | Wirtschaft im alten Mannheim |

## I

| | |
|---|---|
| *Ilwese* | Ilvesheim |
| *insultiere* | beleidigen; in Levys „M Herr Mengler sei Badrees" scherzhaft statt „consultiere"=einen Arzt befragen, verwendet. |
| *Iwwerrheiner* | Person, die jenseits des Rheines wohnt. |

## J

| | |
|---|---|
| *Jägerisches System* | Prof. Jäger in Hohenheim empfahl 1885 in „Mein System" wollene Normalkleidung zu tragen. |
| *jerer* | jeder |
| *Juchhee* | billiger Theaterplatz unter dem Dach |
| *Jungbusch* | altes Mannheimer Stadtviertel (junger Busch) |
| *Juwiläumszeide* | Jahr 1907, in dem das 300jährige Stadtjubiläum Mannheims gefeiert wurde. |

## K

| | |
|---|---|
| *Käfferfall* | ehemalige Wirtschaft in der Nähe des Mannheimer Hauptbahnhofs |
| *Kalbskobb in d'r Tortur* | scherzhaft für Kalbskopf en tortue=Kalbskopf mit braunem Ragout, so in: Neues Pfälzisches Kochbuch, Grünstadt (1886). |
| *Kannebee* | Sofa, frz.: canapé |
| *Kandelwasser* | Wasser in der Straßenrinne, Taufwasser der echten Mannheimer |
| *Kaperschlomerschem* | gleichbedeutend mit Hintertupfingen |
| *Karmenade* | scherzhaft für Karbonade=Kotelett, frz.: carbonade |
| *Karrich* | zweirädriger Karren |
| *Kendel, Kandel* | Straßenrinne, lat.: canalis |
| *Kepp* | Köpfe |
| *Kerchdorn* | Kirchturm |
| *Kerwl* | Körbchen |
| *Keschde* | Kastanien |
| *Kindsmaad* | Kindsmagd |
| *Kiwwel* | Kübel |
| *Klicker* | Murmeln, kleine Kugeln |
| *Kloome* | s. Glome |
| *knäwere* | im Sinne von: vor sich hinmurmeln |
| *knittelhafte Elegie* | wehmütiges Gedicht mit holprigen Versen und unregelmäßiger Silbenzahl |
| *Knorze* | Brotstück, kleiner Bub |
| *koscher* | rein im Sinne jüdischer Speisegesetze; in Ordnung |
| *Krach: du kriggscht die Kr.* | nicht ernst zu nehmende Verwünschung |
| *Krenk: er hot die Kr.; krigg die Kr.* | mit ihm ist der Teufel los; Verwünschung, nicht unbedingt ernst gemeint. mhd.: der kranc=Krankheit |
| *Krakehl* | Streit, „de Hut uff Krakehl setze"=den Hut schief auf ein Ohr setzen und damit herausfordernd wirken. |
| *krische, krieje* | bekommen |
| *Krottegwackse* | Froschquaken |

| | |
|---|---|
| *Krummbier* | Kartoffel=Grundbirne |
| *Krutze* | Kind; Überrest einer Frucht |
| *Kubee* | Eisenbahnabteil, frz.: coupé |
| *Kulöhr* | Farbe, frz.: couleur |
| *kumilfoo* | wie es sich gehört, frz.: comme il faut |
| *kummod* | bequem, lässig, frz.: commode |
| *Kunndukdeer* | Zugschaffner, frz.: conducteur |
| *Kunrad u. Hilwert* | im Kreis herumgehende Schoppen (im L. Sinsheimer Gedicht: bei de Schubbkärchler) |
| *kurranze* | peinigen |

**L**

| | |
|---|---|
| *Lafor* | Waschschüssel, frz.: laver=waschen |
| *Lamendo* | Gejammer, frz.: lamenter=klagen |
| *Landsbummeranz* | Landmädchen |
| *laurer* | lauter |
| *Leeschl* | kleine Loge, billiger Theaterplatz, 4. Rang des Mannheimer Nationaltheaters |
| *lehne* | leihen |
| *leihe: bleibt l.* | bleibt liegen |
| *letz* | verkehrt, mhd.: letze |
| *Litt'ra* | Buchstabe zur Bezeichnung der Mannheimer Quadrate, lat.: littera |
| *Luddl* | Ludwig |

**M**

| | |
|---|---|
| *Maad* | Magd |
| *maanschen* | essen, frz.: manger |
| *Märel* | Mädel |
| *Maimarksschlorum* | Maimarkttruwel, hebr.: schela rum=Durcheinander, Betrieb |
| *Mandelbolle* | Zucker-Mandelklumpen (Bolle=Klumpen) Jahrmarktleckerei für die Jugend |
| *mar* | man |
| *Mardineweiwel spiele* | Kinderspiel nach altem Brauchtum. So zogen am Vorabend zu Martini Mannheimer Buben, mit weißen Hemden verkleidet, lärmend durch Straßen und Hausfluren. Sie riefen dabei „Mardineweiwel“ und scheuchten noch spät auf den Straßen weilende Mädchen. |
| *meegt* | möchtet |
| *mehrschte Leit* | die meisten Leute |
| *Meßbuddik* | Stand auf der Messe, frz.: boutique=Laden, Stand |

*metze* — schlachten
*mies* — schlecht, jidd.: mis
*Mihlauschlessel* — Mühlauschlößchen, im 19. Jh. beliebtes Ausflugsziel auf der Mannheimer Mühlauinsel, 1893 abgerissen, Gartenlokalität.
*mirr'n anbennle* — mit ihnen anbendeln
*Moos* — Geld, jidd.: moes
*mulldumm* — in großer Zahl, lat.: multum
*muurig* — mutig

**N**

*nankingene Hosse* — Hosen aus leinwandähnlichem braunem Gewebe
*nauszus* — hinaus
*Nißkopp* — Bezeichnung für den typischen Mannheimer Lausbub, mhd.: niz=Lausei
*niwwer* — hinüber
*Noodelscherm* — Nadelschirm, zuklappbarer Regenschirm, seit 19. Jh.
*nowlens coblenz* — scherzhaft für lat.: nolens volens=man mag wollen oder nicht
*noogeschwenzt* — nachgetanzt (-geschwänzelt) kommen
*norre* — nur
*not* — dann, nachher

**O**

*Olwel* — ungehobelter Mensch; hängt mit dem hochdeutschen Wort albern zusammen.
*Oos* — Aas, böse Frau
*oowends* — abends
*orre* — oder
*Orschel* — (Ursula) ungeschicktes Mädchen

**P**

*Pappenheim, Eugenie* — Opernsängerin am Mannheimer Nationaltheater von 1870–1873.
*Parapluiemacher* — Schirmmacher, frz.: parapluie
*Pardikilieh* — Privatmann, Rentner, frz.: particulier=Privatmann
*Parrdorn* — Kirchturm (Pfarrturm)
*petze* — zwicken, trinken (e Vertel petze)
*Pooefedder* — Pfauenfeder
*Prichel* — Prügel

**Q**

| | |
|---|---|
| *Quetsche* | Zwetschgen |

**R**

| | |
|---|---|
| *raacht'r d'r?* | hast du einen Zorn? jidd., hebr.: roges=Zorn |
| *rässoniere* | schimpfen, frz.: raisonner |
| *Randebwu* | Rendezvous |
| *reddscht du* | sprichst du |
| *redirire* | zurückziehen, frz.: retirer |
| *reire* | reiten |
| *Rewach* | Profit, Gewinn, jidd.: rebbach=Gewinn |
| *Rheiluscht* | Rheinlust, Gartenwirtschaft in Mannheim |
| *Ritt, alle R.* | immer wieder |
| *Ritter Essig* | stadtbekanntes Mannheimer Original, 2. Hälfte 19. Jh. |
| *roccolicofarbig:* | L. Levy spielt damit auf Uniformfarben eines gewissen Roccolico an. |
| *Roosegaa'de* | Gewann, Rosengarten, heute Standort des Mannheimer Rosengarten |
| *Ruwine* | Ruine |

**S**

| | |
|---|---|
| *Sackduch* | Taschentuch |
| *Sai* | Säue |
| *Salöner* | Salons, frz. |
| *Schaawe* | Schaben, du sollst die Schaawe grigge: Verwünschung |
| *Schadchen* | Heiratsvermittler, jidd.: schadchen |
| *Schbaß abard* | Spaß beiseite; abard: frz.: en aparté=beiseite |
| *Schbell* | Stecknadel, mhd.: spelter=Splitter |
| *schebb* | schief |
| *Scheckel* | Fleckvieh, frz.: échecs. Das Bild des Schachbrettmusters stand offensichtlich Pate für das Wort. |
| *schee* | schön |
| *scheekt* | scheucht |
| *Schees* | Kutsche, frz.: chaise |
| *schenne* | schimpfen, mhd.: schenden, Schande bringen |
| *schdibuliert* | abgemacht (vertraglich), lat., frz.: stipulation |
| *schicker* | betrunken, jidd.: schickern=trinken |
| *Schlackel* | Kerl |
| *schlaat* | schlägt |
| *schlappig* | unordentlich |
| *Schlösser, Josef* | gefeierter Opernsänger am National-Theater Mannheim, 1851 engagiert |
| *Schlorum* | Durcheinander, Betrieb, hebr.: schela rum |

| | |
|---|---|
| *schmuse* | unredlich sprechen, jidd.: schmus |
| *Schneider* | u.a. kleine Fische |
| *schnerre: een schn.* | einen trinken |
| *Schnooke* | Witze, Scherze; Schnacken |
| *Schnookebuckel* | ehemalige Wirtschaft in den Mannheimer T-Quadraten |
| *schnorre* | betteln, mhd.: snurren |
| *Schoote* | Dummkopf, hebr.: Schote |
| *Schpitalbendelche* | vermutlich Auszeichnung im Krieg 1870/71 für Verdienste im Sanitätsbereich |
| *Schteckel* | Stock |
| *schterze* | stürzen |
| *Schticker: so e Scht.* | so ungefähr ... Stück |
| *Schtiel* | Aufsatz, Stil, lat.: stilus |
| *Schtrimp* | Strümpfe |
| *schtrenze* | stehlen (aus der Gaunersprache) |
| *Schtrooßekandl* | Straßenrinne |
| *Schubbkärchler* | Betreiber der „Schubbkarchständ" auf dem Dürkheimer Wurstmarkt. |
| *schunscht* | sonst |
| *Seel huppse* | Seil hüpfen |
| *secht, segt* | sagt |
| *sell* | jenes, abgeleitet von selbiger |
| *Stuß* | Spaß, Unsinn, jidd.: stuss |
| *sunnscht* | sonst |

**T**

| | |
|---|---|
| *Tempi passati* | vergangene Zeiten, italienisch |
| *Trambahnglebber* | Pferd, das die Straßenbahn zieht. Glebber=Klepper, mageres Pferd. |

**U**

| | |
|---|---|
| *üwwich* | über |
| *uffeme* | auf einem |
| *uffgeknebbt* | nur zum Schein gemacht (aufgeknöpft) |
| *Uffziechlumpe* | Putztuch |

**V**

| | |
|---|---|
| *verdreescht* | vertröstet |
| *vergeischtert* | erschrocken, vermutlich mhd.: vergalstern=verzaubern |
| *verhupse:* | mer möcht grad v. im Sinne von: man möchte gerade aus der Haut fahren. |

| | |
|---|---|
| *verwischen* | erwischen (bei einer Tat) |
| *Vochelschläg* | kunstvolle Vogelmelodien |

**W**

| | |
|---|---|
| *warscht: du w.* | du warst |
| *Weffzeneschtt* | Wespennest, mhd.: Wefse=Wespe |
| *weißt'm* | zeigt ihm |
| *Werre, werre* | Wetter, werden |
| *Wickel* | Krautwickel |
| *wiehdig* | wütend |
| *Wieschte Sara* | Wüste Sahara |
| *wirre* | wieder |
| *worre* | geworden (Vergangenheit von werre=werden) |
| *wunnere* | wundern |

**Z**

| | |
|---|---|
| *Zeidlos* | abgekürzte Form von Herbstzeitlose |
| *Zeighaus* | Zeughaus, Bauwerk des 18. Jh. in Mannheim; in dem Gedicht „'s Zeighaus" meint Levy einen Laden, wo etwas gezeigt wird. |
| *zeirig* | zeitig |
| *Zelldach* | Zeltdach |
| *Zichel* | Zügel |
| *Zores* | Streit, Ärger, hebr., jidd. |

## Textnachweis

Die Mundarttexte wurden in der Fassung der jeweiligen Autoren wiedergegeben und aus den nachstehenden Büchern entnommen:

*Levy, Ludwig*

Verschollenes und Neues. Humoristisches Allerlei vom Neckar und Rhein, Verlag J. Bensheimer, Mannheim 1881

Humoristische Dichtungen in Pfälzer Mundart, Selbstverlag, Mannheim 1896

Kraut und Rüben, Humoristisches Allerlei in Pfälzer und Hochdeutscher Mundart, Selbstverlag, Mannheim 1898

*Waldeck, Hermann*

Norr nit brumme! Humoristische Gedichte und Humoresken in pfälzischer (Mannheimer) Mundart, Verlag Ernst Aletter, Mannheim (1899)

Vunn dr Lewwer weg. Humoristische Gedichte und Humoresken in Pfälzer (Mannheimer) Mundart, Verlag Ernst Aletter, Mannheim (1903)

Aus d'r Mannemer Mapp, Humoristische Gedichte und Humoresken in Mannheimer (Pfälzer) Mundart, 2. Auflage, Verlag Ernst Aletter, Mannheim (1906)

*Strauß, Jakob*

Feierabend, Ernstes und Heiteres von Jakob Strauß, Mannheim, Verlag Dr. H. Haas'sche Buchdruckerei Mannheim (1911)

*Sinsheimer, Ludwig*

Dr Derkemer Worschdmark, Das Leben und Treiben auf dem pfälzischen Volksfeste,
Verlag D. Meininger, Neustadt an der Haardt (1910)

*Ney, Carl Eduard*

Lieder und Reimereien des alten Grünrocks aus der Pfalz, 2. Auflage, Verlag Karl J. Trübner, Straßburg, 1907

*Berg, Kurt N.*

Führe mich zur Abendinsel, Lyrische Reflexionen von Kurt N. Berg, hg. von Franz Riegl, Druckerei- und Verlags-Ges.m.b.H., Mannheim (1962)

*Lampert, Walter*

Bewegte Jahre, Grünstadt 1918–1948, Grünstadt, 1985, S.153

Die Urheberrechte wurden sorgfältig geprüft. Sollten dennoch Rechte Dritter unbekannt geblieben sein, so werden die Rechtsinhaber gebeten, sich mit den Herausgebern in Verbindung zu setzen.

Die Herausgeber danken der Meininger Verlages GmbH, Neustadt/W für die Abdruckerlaubnis bezüglich der Gedichte Ludwig Sinsheimers, ebenso der ZVA Verlagsanstalt GmbH & Co.KG, Mannheim und dem Druckhaus Deutz GmbH, Bonn für die fürsorglich erteilte Abdruckgenehmigung bezüglich der Gedichte Kurt Bergs.

## Bildnachweis

*Stadtarchiv Mannheim:*
Seite 41, 72, 119, 166

*Althausen, Oskar, Mannheim:*
Seite 157

*Die übrigen Abbildungen entstammen der Sammlung Siegfried Laux*

## Danksagung

Unsere Arbeit an diesem Buch wurde von nachstehenden Institutionen, Firmen und Persönlichkeiten mit Informationen, Spenden und in anderer Weise gefördert. Ohne diese eindrucksvolle, uneigennützige Unterstützung durch diese Bürgerinnen und Bürger wäre das Projekt nicht durchführbar gewesen. Ihre Bereitschaft zu bürgerschaftlichem Engagement gehört zu den besonders schönen Erfahrungen, die wir bei der Arbeit an dem Projekt machen durften. Ihnen allen gilt unser tiefempfundener, herzlicher Dank.

- Althausen, Oskar
- Bayerische Landesbank Girozentrale, Repräsentanz Mannheim
- Vermessungsbüro Theo Butsch
- Daimler Benz AG, Mannheim
- Evangelisches Dekanat Mannheim
- Förderverein der Freilichtbühne Mannheim
- Bäckerei Grimminger
- Café Herrdegen
- Unternehmensgruppe inbau/siebert
- JOANA
- Prof. Dr. Hauber, Rudolf
- Katholisches Stadtdekanat Mannheim
- Kirchenschläger, Ruth und Günter
- Lampert, Walter
- Linde, Buch und Kunst
- Mannheimer Versorgungs- und Verkehrsgesellschaft m.b.H. (MVV)
- Mark, Lothar, Mannheimer Kulturbürgermeister
- Martinez, Susanna
- ÖVA Versicherungen
- Pfälzisches Wörterbuch, Kaiserslautern
- Stadtarchiv Mannheim
- Teppich Bausback
- Teppich Engelhardt
- Vereinigte Jüdische Erinnerungsstiftung, Mannheim
- Vetter, Heinrich
- Volksbank Mannheim
- Weckesser, Hans.

Nicht zuletzt danken die Herausgeber Herrn Bernhard Wipfler vom Verlag EDITION QUADRAT für die professionelle Betreuung des Projektes und die hervorragende Zusammenarbeit; ebenso danken wir der Design-Gruppe Fanz & Neumayer für die anspruchsvolle graphische Gestaltung des Buches.

*Mannheim im Herbst 1997*

**Siegfried Laux**

Jahrgang 1926, Justizbeamter i.R.

Beschäftigt sich mit Kunst und Poesie.
In zahlreichen Lesungen und Veröffentlichungen stellt er die Pfälzer Mundartdichtungen seines Großonkels Hanns Glückstein (1888–1931) und anderer Mannheimer Autoren vor.

In jüngster Zeit widmet er sich den fast völlig vergessenen Dichtungen Mannheimer Juden. Gelegentlich greift er auch selbst zur Feder und verfaßt Texte in Hochdeutsch und Mundart.

**Dr. Hans-Peter Schwöbel,**

geb. 1945, Kraftfahrzeugmechaniker, Professor für Soziologie, Schriftsteller und Kabarettist in Mannheim.

Zahlreiche Veröffentlichungen in den Feldern Soziologie, Sozialpsychologie, Rhetorik, Pädagogik, besonders auch zu Fragen von Ästhetik, Kommunikation und Gesellschaft. Außerdem Gedichte, Aphorismen und Satiren, schriftdeutsch und im Kurpfälzer Dialekt.